Adam Puschman, Richard Jonas

Gründlicher Bericht des deutschen Meistergesangs

Adam Puschman, Richard Jonas

Gründlicher Bericht des deutschen Meistergesangs

ISBN/EAN: 9783742813718

Hergestellt in Europa, USA, Kanada, Australien, Japan

Cover: Foto ©Andreas Hilbeck / pixelio.de

Manufactured and distributed by brebook publishing software
(www.brebook.com)

Adam Puschman, Richard Jonas

Gründlicher Bericht des deutschen Meistergesangs

Adam Puschman,

Gründlicher Bericht des deutschen Meistergesangs.

Erste Auflage (1571).

Herausgegeben

von

Richard Jonas.

—— — —————

Halle a. S.
Max Niemeyer.
1888.

Adam Puschmans „Gründtlicher Bericht des Deudschen Meistergesangs", dessen erste Auflage von 1571 wir hier in einem Neudrucke vorlegen, verdient als die erste Schrift, welche den Meistergesang behandelt, ganz besondere Beachtung. Er gehört allerdings einer Zeit an, in welcher der Meistergesang dem Verfall schon recht nahe war — darauf deuten auch Klagen des Verfassers hin — aber immerhin verdanken wir den „Bericht" einem Manne, der in des Meistergesangs „holdseliger Kunst" von dem gefeierten Hans Sachs selbst unterwiesen war.

Bevor wir von der Schrift selbst etwas sagen, schicken wir über ihren Urheber das Nothwendigste voraus, was wir der vortrefflichen „Monographie über den Meistersinger Adam Puschman von Görlitz" von Edmund Götze (Neues Lausitzisches Magazin, Band 53, Görlitz 1877, S. 59 ff.) verdanken.

1532 zu Görlitz geboren, war Adam Zacharias Puschman der Sohn des Bäckermeisters Paul Puschman, der sich gleich bei Beginn der Reformation der Lehre Luthers zugewendet hatte. Wie Hans Sachs besuchte er als Knabe eine lateinische Schule; er widmete sich jedoch dann dem Schneiderhandwerk. Dass er nicht längere Zeit bei der Beschäftigung mit wissenschaftlichen Dingen geblieben war, hat er später sehr bedauert (s. Bericht S. 3). Nach der Lehrzeit begab er sich auf die Wanderschaft. Wie sich aus dem „Bericht" ergiebt (s. S. 3), suchte er auf derselben mit Vorliebe solche Orte auf, an denen der Meistergesang gepflegt wurde. So finden wir ihn zunächst in Augsburg (s. ebenda). Indess

a*

dort sah er, wie wir an derselben Stelle erfahren, seine Hoffnungen nicht erfüllt. Wahrscheinlich 1555 siedelte er nach Nürnberg über, wo er 6 Jahre verweilte und den Unterricht von Hans Sachs genoss. Sein Handwerk hat er in Nürnberg nur noch kurze Zeit getrieben, später gab er es ganz auf; dagegen wurde er in die Nürnberger Sängerzunft als Meistersinger aufgenommen. In den sechziger Jahren nach Görlitz zurückgekehrt, bekleidete Puschman seit 1570 das Amt eines Kantors an der dortigen Haupt- oder Peters-Kirche, mit welchem das eines Gesanglehrers an dem nach Einführung der Reformation gegründeten Gymnasium verbunden war. Damit übernahm er auch die Verpflichtung, wissenschaftlichen Unterricht zu ertheilen, was uns bei seiner immerhin nur geringen Ausbildung wunderbar genug klingen muss.

Sein Lehramt am Gymnasium gab er nach zwei Jahren wieder auf; aus welchem Grunde, ist nicht zu ermitteln. Ueber seine Beziehungen zu seinen Amtsgenossen während seiner Lehrthätigkeit wissen wir nichts. Selbst dem als Gelehrten und besonders auch als Dichter berühmten damaligen Leiter der Anstalt, M. Joachim Meister, scheint Puschman nicht näher getreten zu sein. Ebenso wenig erfahren wir aus dem sonst überaus genau geführten Diarium des bekannten Mathematikers M. Bartholomäus Scultetus etwas über ihn. Vielleicht erklärt sich dies daraus, dass bei den Gebildeten der damaligen Zeit der Meistergesang schon ziemlich allgemein in Verachtung stand.

1571 verfasste Puschman seinen „Gründlichen Bericht". Den Obrigkeiten der in der Vorrede genannten Städte (s. S. 3 oben) überreichte er selbst die für sie bestimmten Abdrücke. Auf der zu diesem Zwecke unternommenen Reise gewann er auch Einsicht in das sogenannte „Kolmarer Liederbuch", eine Sammlung von Meistergesängen, die bis auf die Zeit von Heinrich Frauenlob zurückgeführt wurde und sich um die Mitte des 16. Jahrh. nachweislich im Besitze Georg Wickrams, des bekannten Verfassers des „Rollwagenbüchlein" befand. Ein aus jenem „Liederbuch" von Puschman gemachter Auszug hatte nur geringen Werth. Auch Augsburg und Nürnberg berührte er nun noch einmal. In Nürnberg fand er Hans Sachs zwar noch am Leben, aber vom Alter schon sehr mitgenommen und gebeugt.

Bald darauf, 19. Januar 1576, starb der Altmeister des Gesanges, und Puschman widmete seinem geliebten Lehrer sein mehrfach auch neuerdings gedrucktes und deshalb in weiteren Kreisen bekannt gewordenes „Elogium reverendi viri Johannis Sachsen Norinbergensis" (u. a. auch abgedruckt nach der Dresdner Handschrift bei E. Götze a. a. O. S. 127 ff.) Nach seiner Rückkehr in die Heimath wandte er sich nach Breslau. Hier wie in Görlitz bemühte er sich, den Meistergesang zu Ehren zu bringen, was ihm auch bis zu einem gewissen Grade gelungen zu sein scheint. Dem Beispiel des Hans Sachs folgend, verfasste er hier auch eine „Komödie": „Bon dem Patriarchen Jakob, Joseph und seinen Brüdern, die gantze volkomene Histori, kurtz begriffen"*), deren Aufführung zu bewirken ihm nach einigen Schwierigkeiten 1583 gelang.**)

Was Puschman während seines Aufenthaltes in Breslau trieb, ist nicht ganz sicher. Wahrscheinlich wirkte er daselbst als Lehrer. 1584 bemühte er sich um eine Anstellung als Glöckner in seiner Vaterstadt, ein Amt, zu dem er sich bei seiner über den gewöhnlichsten Grad hinausgehenden Bildung wohl geeignet hätte. Er erhielt jene Stelle nicht. Mit verdoppeltem Eifer widmete er sich nun der Pflege des Meistergesanges. Er veranstaltete auch auf Wunsch auswärtiger Sangesfreunde mehrfach Sammlungen von Meistergesängen, von denen sich einige noch erhalten haben. Inzwischen hatte er auch seinen „Gründlichen Bericht" schon einmal umgearbeitet; jene zweite Bearbeitung ist jedoch nicht im Druck erschienen, sondern befindet sich handschriftlich in dem in der Breslauer Stadtbibliothek aufbewahrten „Singe Buch". Eine zweite gedruckte Ausgabe des „Berichts" erschien 1596 (in Frankfurt a. O. bei Nicolaus

---

*) Der einzige noch vorhandene Abdruck derselben findet sich in der Grossherzogl. Bibliothek in Weimar; er verdankt Gottsched, der ihn seiner Sammlung einverleibte, seine Erhaltung.

**) Eine chronologische Reihenfolge der Meistergesänge und Werke A. Puschmans s. bei Götze a. a. O. S. 146 ff.

Voltz). 1598 war in Breslau eine Meistersängerzunft begründet und vom Rathe bestätigt worden. Puschman scheint nicht in enger Verbindung mit jenen Bestrebungen gestanden zu haben, wenn er dieselben auch sicherlich mit seiner ganzen Theilnahme verfolgt haben wird. Puschman starb am 1. April 1600.

Von seinen Werken ist der „Gründliche Bericht" zeitlich das früheste und zugleich das wichtigste. Das Buch erschien, wie bereits erwähnt, 1571 und ist die erste Schrift, welche vom Meistergesange handelte. Abdrücke desselben giebt es nach Götze a. a. O. S. 91 jetzt noch drei: einen in der Kgl. Bibliothek zu Berlin, aus der Büchersammlung des Herrn von Mensebach entstammend (30 Blatt in 4., bezeichnet mit Ye 5621. 4°); einen zweiten bewahrt die K. K. Hofbibliothek in Wien; einen dritten schenkte der Freiherr von Maltzahn der Kaiserl. Universitäts- und Landesbibliothek zu Strassburg i. E. Dieser letztere Abdruck entstammt, wie der auf der Innenseite des Deckels eingeklebte Zettel bekundet, der Bibliothek des bekannten Nürnbergischen Gelehrten Christoph Wagenseil, der etwa 100 Jahre nach Puschman ebenfalls eine Schrift über den deutschen Meistergesang verfasste und dabei auch den „Gründlichen Bericht" benutzte, aus welchem er auch einzelne Stellen unter Berufung auf Puschman wörtlich entlehnte. Später war der jetzige Strassburger Druck im Besitz C. A. Heyses. Ein früher in der Augsburger Stadtbibliothek vorhandener Abdruck der seltenen Schrift ist verloren gegangen.

Der Berliner Druck zeigt scheinbar die Jahreszahl 1573, die 3 ist jedoch aus einer 1 verändert. S. über solche Verjüngungen von Büchern Archiv für Litteraturgeschichte V, S. 281 Anm. Nach Götze a. a. O. S. 92 ist auch mit dem jetzigen Wiener (früher in Berlin befindlichen) Abdruck eine solche Verjüngung vorgenommen, indem aus der 1 durch Ueberschreibung auf dem Titelblatt und unter der Vorrede eine 4 gemacht ist. Darauf bezieht sich auch wohl C. A. Heyses handschriftliche Bemerkung in dem jetzigen Strassburger Abdruck: „Sehr selten; s. Ebert libb. lex. Nr. 18355, wo die Jahreszahl 1574 ein Druckfehler ist für 1571. Oder giebt

es einen zweiten Druck von 1574? Hoffmann von Fallers-
leben (Spenden zu der deutschen Litteraturgeschichte
2. Bändchen 1845) sagt (S. 6): Puschman habe dies Buch in
Görlitz 1571 ausgearbeitet; es sei aber erst 1574 in 4º erschienen. Es muss also wohl eine zweite Ausgabe geben
mit der Jahreszahl 1574 auf dem Titel und 1571 unter der
Vorrede. Und diese erste Ausgabe wäre völlig unbekannt."
Dass jene Annahmen irrthümlich sind, hat Götze aufs über-
zeugendste nachgewiesen.

Eine im ganzen genaue Abschrift der ersten Auflage
des „Gründlichen Berichts" ist ausserdem, wie wir der oben
genannten Abhandlung Götzes entnehmen, in einer Dresdner
Handschrift vorhanden; dieselbe hat sich der Nürnberger
Meistersinger Georg Hager „durch ein tnebfein" besorgen
lassen. Sie stimmt nach Götze mit dem Drucke, abgesehen
von einzelnen Eigenthümlichkeiten in der Schreibung, genau
überein.

Dem Herausgeber haben die in Berlin und Strassburg i. E. erhaltenen Abdrücke vorgelegen, welche ihm die
betreffenden Bibliotheksverwaltungen mit dankenswerther
Bereitwilligkeit zur Einsicht und Benutzung überliessen.
Besonders gut ist das Berliner Exemplar erhalten. Dass der
erste Druck im ganzen 30 Blätter in Quart enthält, wurde
vorhin bereits bemerkt. Dieselben tragen die im nachfolgenden
Neudruck in Klammern an den Enden der einzelnen Seiten
genau angegebenen Bezeichnungen. Die Rechtschreibung
des ursprünglichen Druckes ist genau wiedergegeben, jedoch
sind die daselbst bisweilen angewendeten Abkürzungen nicht
beibehalten, sondern behufs bequemerer Benutzung aufgelöst
worden (so z. B. vn = und, öfter in Endungen von Wörtern
e = en u. a. m.) Auf dem Titelblatt befindet sich an der im
Neudruck bezeichneten Stelle ein Holzschnitt von fast drei
Centimeter im Quadrat, auf welchem der König David (als
solcher kenntlich durch eine Krone auf dem Haupte und
eine an der Erde liegende Harfe) im Gebete knieend
dargestellt ist. Oben in den Wolken erscheint Gott. Die
an der linken Seite des Bildes angedeutete Stadt soll wohl
Jerusalem sein.

Ausser den bereits genannten Ueberlieferungen der ersten Ausgabe des „Gründlichen Berichts" hat sich nun neuerdings im Kgl. Staatsarchiv zu Posen noch eine ziemlich vollständige und gut erhaltene Abschrift desselben gefunden, welche der Unterzeichnete in der „Zeitschrift der Historischen Gesellschaft für die Provinz Posen", Jahrgang 2, 1886, S. 11 ff. genauer behandelt hat. Ein nicht ganz unbedeutender Theil der Vorrede fehlt; im übrigen umfasst die Handschrift des „Berichts" 49 Blätter eines im ganzen 249 Blatt in Folioformat enthaltenden Schriftstückes, in welchem die letzten 200 Blätter mit Aufzeichnungen über die Schneiderinnung in Rawitsch angefüllt sind. Diese Aufzeichnungen erstrecken sich ziemlich ununterbrochen über den Zeitraum von 1657 bis 1771. Da finden wir Nachrichten über die Einnahmen und Ausgaben der Innung, die Namen derer, welche das Meisterrecht erworben hatten und andere auf die Innung bezüglichen Angaben. Einen Zusammenhang zwischen dem ersten Theile (der Abschrift des „Berichts") und dem beschriebenen zweiten hat der Unterzeichnete nicht entdecken können. Wie die Abschrift des „Berichts" nach Rawitsch gekommen ist, lässt sich nicht mit Bestimmtheit ermitteln; vielleicht wurde sie einem wandernden Gesellen in dem nahen Schlesien (in Görlitz selbst?) mitgegeben, damit die damals schon sehr in Verfall gerathene Kunst des Meistergesanges an andern Orten wieder neu belebt werden sollte. Die Schrift stimmt mit dem Druck fast wörtlich überein; in der Schreibung sind hie und da Abweichungen zu verzeichnen. So steht in der Handschrift bisweilen tt statt eines einfachen t; ein grosser Anfangsbuchstabe statt eines kleinen und umgekehrt. Die Absätze stimmen in der Posener Handschrift und im Druck nicht immer überein. Dieselbe enthält übrigens auch die drei am Schlusse des Druckes befindlichen „Schulkünste" d. h. Meistergesänge, welche in aller Kürze die wichtigsten bei der Dichtung von Meistergesängen zu beobachtenden Regeln angeben. Diesen Schulkünsten geht aber in der Handschrift noch etwas anderes voraus, was der Druck nicht bietet: nämlich ein (13 ganze Blätter und einen Theil einer Seite) umfassendes Register der Meister-

sänger und der von ihnen erfundenen Töne mit Angabe des
Umfanges derselben. Dieses Verzeichniss beginnt mit den
sogenannten ersten zwölf Meistern (vgl. S. 4) und ihren
Nachdichtern (im ganzen 21 an Zahl). Diesen schliessen
sich die Nürnberger Meister an, deren (bis auf Lienhardt
Nunbeck, den bekannten Lehrer des Hans Sachs in der
„holdseligen Kunst des Meistergesangs") 12 aufgezählt werden.
Den Beschluss macht eine durch einen frommen Wunsch für
das Seelenheil der meist schon entschlafenen Sänger ein-
geleitete Aufzählung der mit Hans Sachs beginnenden neueren
Reihe von Nürnberger Meistern, 48 an Zahl, sammt ihren
Tönen. Derartige Aufzählungen wie die hier vorliegende
sind ja auch sonst vorhanden, und es erschien aus diesem
Grunde überflüssig, hier einen Abdruck davon hinzuzufügen.

Die sich in den nun folgenden 3 Schulkünsten findenden
Abweichungen vom Druck beziehen sich im wesentlichen
auch nur auf die Schreibung. An einer Stelle (s. Neudruck
S. 41, Z. 11 v. u.) steht die Verszeile: Auch strafft allein;
bisweilen ist wohl auch ein Buchstabe, eine Silbe, oder ein
kleines Wort ausgelassen. Der in derselben Schulkunst
(S. 42, erste Zeile oben) vorkommende Druckfehler Sngt
(statt fingt), den nach Götze a. a. O. S. 91 auch das „fneblein",
welches die Abschrift für Georg Hager besorgte, vermieden
hat, findet sich in unserer Posener Handschrift ebenfalls
nicht. In der letzten Zeile derselben Schulkunst, in welcher
im Druck steht: „Den mag man reumen funftreich frey" (was
der Dresdner Abschreiber in reimen änderte, weil er es
nicht verstand), hat die Posener Handschrift nennen.

Hinter den 3 Schulkünsten findet sich in unserer Handschrift noch das unter S. 46 f. als ‘Anhang' mitgetheilte
Gedicht: „Ein Schulfunst In der langen Zugweiße Friß Zornßs".*)

_____

*) Die Ueberschrift, die Anfangsbuchstaben der einzelnen
Strophen und die gesperrt gedruckten Wörter, endlich auch
die Unterschrift sind in rother, alles übrige in schwarzer
Schrift. Uebrigens rührt diese Verherrlichung des Meister-
gesanges nach einer Mittheilung von E. Götze nicht von dem
Augsburger Meistersänger Daniel Holtzmann, sondern von
Hans Sachs her.

Der Herausgeber hat nichts weiter hinzuzufügen. Die kleine Schrift erklärt sich aus sich selbst heraus; überdies sind ja wohl die hie und da erwähnten Einrichtungen und Gebräuche in den Meistersängerzünften ziemlich allgemein bekannt.

Allen denen, welche eine genauere Einsicht in die Meistersängerkunst und ihren Betrieb nehmen wollen, dürfte die Veröffentlichung dieser so überaus selten gewordenen Quellenschrift willkommen sein.

Posen   R. Jonas.

Gründtlicher Bericht

des Deudschen Meistergesangs.

Darinnen begriffen, alles was einem jedern, der sich
Tichtens vnd Singens annemen wil, zu wissen von nö=
ten. Vnd wie die art vnd eigenschafft der Versen
oder Reimen, Thön vnd Lieder zu erkennen sey.

Zusampt der Tabulatur vnd beyderley Straffartickeln,
Auch gründtliche erklerung derselbigen.

Mit angehaffter Schulordnung, wes sich Mercker
vnd Singer allenthalben verhalten sollen.

Sampt dreyen schönen Schulkünsten, vormals
in Druck nie außgangen

Durch

Adam Puschman von Görlitz, Liebhabern dieser
Kunst, zusamen gebracht.

———— –   ————

Holzschnitt.

———————   ————

Zu Görlitz druckts, Ambrosius Fritsch. 1571.

EPIGRAMMA.

Audijt ut primum bis fex cantare magistros
  OTTO, artis precium fulua corona fuit.
Sic te, præceptis artem hanc, qui tradis ADAME
Synceræ laudis vera corona manet.

Pfalm 98.

Es ſpricht der from Prophet Dauid,
  Singet dem HERREN ein new Lied.
Singet dem HERREN alle Welt,
  Lobet ſeinen Namen er melt.

Coloſ. 3.

Paulus ſpricht, thut euch ſelber lehren,
  Mit Pſalmen Gott zu lob vnd ehren.
Singet lieblich, Geiſtliche Lieder
  Dem HERRN, im hertzen ein jeder.

Dictum fapientis viri.

Schöne Moteten im Geſang,
  Vnd weiſer Melodeyen klang.
Welche haben jr Seel vnd leben,
  Vnd reinen guten Text darneben
Dieſe, aller ehren werd ſein,
  Als köſtlich Gaben Gottes rein.

              Adam Puſchman, Autor.

Den Edlen, Gestren=
gen Ehrnvhesten, Erbarn, Hoch und Wol=
weisen Herrn, Bürgermeistern, Stadtpflegern, El=
teren geheimpten, cct Burgermeistern und Rethen,
der Kayserlichen Freyen Reichsstedte, Strasburg,
Nürnberg, Augspurg, Vlm, Franckfort am
Mayn, Meinen grosgünstigen Her=
ren, sampt vnd sonderlichen.

Die schöne Musica oder Singekunst, hat in heiliger Schrifft viel
herrlicher Zeugnus, Das sie nicht allein als ein sonderliche
Edle Gabe Gottes, Dem Menschen zur freuden vnd ergetzuug,
Sondern auch zum lob Gottes, vnd ausbreitunge seines heiligen
Namens, hochdienstlich, Vnd sonderlich Christenleuten zur er=
innerung Göttlicher wolthaten, vnd zur andacht des Hertzens, das
Edeliste Mittel ist, Wie denn der heilige Apostel Paulus Colos. 3
zur übunge Christlicher guter Gesenge, gar trewlich vermanet.

Demnach aber GOTT in allerley Zungen vnd Sprachen wil
gelobet vnd gepreiset sein, Wie der Psalmist bezeuget. [Bl. A 2ᵃ]

Also hab ich mir fürgenomen, von der Deudschen Poeterey
vnd alten Singekunst, einfeltigen unterricht zu thun, des verhoffens,
der Christliche Leser werde solches, weil es zum lobe Gottes vnd
seines heiligen Namens, gereichet, jme gefallen lassen.

Vnd ob ich wol in meiner Jugendt, von meinen seligen
lieben Eltern, fleissig zum Studieren gehalten, vnd bey der löb=
lichen Musica aufferzogen worden, Habe ich doch aus Kindischem
vnuorstand, zeitlich daruon gelassen, vnd mich der wanderschafft,
neben meinem Handtwerck, angenomen, In meinung, dadurch viel
Stedt vnd Lender zu beschawen, vnnd frembder Nationen breuch
vnd gewonheiten zu erkunden, Als Ich denn die mehrer zeit meiner
Jugend, biß nun ins 30. Jahr meines Alters damit zugebracht.

Vnd wie man in der Wanderung mancherley übung und
kurtzweil der Welt sihet vnd erfehret, sonderlich bey der Jugendt,
welche zum theil gut vnd löblich, zum theil auch bös vnd schedlich
sein. Also hat mir, als der Ich zur Musica fast geneiget, das
Meistergesang, vnter andern am aller meisten geliebet. Mich der=
halben zu Augspurg anfenglich zu den Meistersingern gehalten,
bey jnen den rechten grund dieses Singens gesucht, den ich da zur
Zeit daselbst [Bl. A 2ᵇ] gründtlich nicht erlangen mögen. Biß ich
endtlich zu Nürnberg, bey dem sinnreichen Herren Hans Sachsen,
vnd andern verstendigen Singern, bessern bericht des Grundes
dieser Kunst erlangete. Allda Ich etliche Jahr verwartet, vnd
diese Alte löbliche Kunst gelernet, geübet vnd gebraucht, Wie dann
nach biß auff heut.

1*

Vnd ist diese Kunst sonderlich lieb vnd werd zu halten, darumb,
Das sie anfangs, Adelicher hoher ankunfft ist, Als die erstlich von
Fürtrefflichen hohen Leuten, erfunden worden. Vnd sind nemlich
der ersten Meister dieser Kunst, an der zal Zwölffe gewesen, deren
Namen ich zu mehrem vnterricht hiebey verzeichnen wil. Herr
Walther ein Landtherr, Wolffgangus Rohn ein Ritter, Marner
ein Edelman, Doctor Frawenlob, Doctor Mügeling, beyde Doctores
Theologiae, Magister Klingeßohr, Magister Starcke Popp, Vnd
fünff Bürger, mit namen, Regenbogen, Römer, Cantzler, der alte
Stoll, vnd Conradus von Würtzburg.

Diese Zwölff Menner, hat Keyser Otto, biß Namens der erste,
Anno Christi, 962. gegen Paryß citiren lassen, alda sie für den
Professoribus der Vniuersitet, vnd allen Gelerten biß ortß, ver-
höret, vnd für die ersten Meister dieser Kunst erkennet, vnd
[Bl. A3ª] bestetigt worden, Wie jr altes Buch (seid der Zeit zu
Meintz gelegen, jetzt sind dem Schmalkaldischen Kriege an einem
andern sichern ort) bezeuget.

Alda auch, höchstgemelte Kay. May. erwente Zwelff Meister,
jhre Schüler vnd Nachkomen, mit einer wolgezierten Güldenen
Kron, begnadet hat, die jenigen so im Singen das beste theten,
damit zuverehren.

Als auch vorzeiten die Poëten, so das beste Geticht gesungen,
mit einem Lorberkrantz verehret wurden. Dannher noch auff heut,
die, so auff den Singschulen dem Krongewinner zu nechst seind,
Auch mit einem Krentzlein verehret werden.

Solches wie gesagt, vnd anders mehr, gibt mir vrsach, von
dieser Kunst nicht zu weichen, vngeachtet, das von groben vnuer-
stendigen Leuten, solche lobliche vnd Christliche übung des Singens,
mehrertheils veracht wird. Wiewol es auch bißweilen bey Gelerten vnd verstendigen, die des grundts, Deudscher Singekunst,
vnberichtet, gering gewegen wird.

Dagegen aber sein auch viel fromer Christen, Gelert vnd
Vngelert, die diese Kunst lieb vnd werd halten, gern anhören vnd
fördern. So ist auch am tage, das diese Kunst nicht allein ist,
die da verfolget [Bl. A3ᵇ] vnd veracht wird, Sondern es gehet
viel andern höhen Künsten auch dergleichen.

Aber hoch ist zu beklagen, das verkleinerung dieser Kunst,
nicht allein bey denen gespüret wird, den diese Kunst verborgen,
Sondern auch wol bey denen, so diese Kunst gebrauchen, vnd sich
derselben rhümen, In dem, das sie spaltung, zanck vnd haber vnter
sich selber anrichten, Wil je einer vber den andern sein, Wil einer
jmmer mehr wissen denn der ander, Grüblen also in der Kunst,
Vnd macht jn fast ein jeder ein besundere Tabulatur, sie sey gleich
recht oder vnrecht. Vnangesehen, das die Nürnberger Tabulatur
(die von den Alten vnsern Vorfahrern vnd Meistern jren vrsprung
hat) die Strassen zuvermeiden, klerlich gnugsam besaget, So wol
etliche besondere Strassen in die Scherße zu mercken, wenn es die
not erfordert.

Es sind aber etliche Klügling, die in gemelter Tabulatur
gewület, wie die Schwein im Rübenacker: Haben die Scherssstraffen,
die sie doch nit recht verstanden, vnter die andern Straffen gesetzt,
vnd aus diesen zweyen Tabulaturen eine gemacht, Dardurch nit
alleine übel erger worden ist, wie man pfleget zu sagen, Sondern
das gute gar böse, wie denn in dem Bericht der Scherssstraffen
klerlich erwiesen wird [Bl. A 4 a], Denn sie die Scherssstraffen etliche
gar nicht nötig, den andern gantz nötigen Straffen fürziehen.

Die Nürnberger Scherff helt jnnen etliche vnstraffen, damit
man die Singer, wenn jr viel glat gleichen, vnd die zeit verlauffen,
im Gemerck sol von einander bringen, welches doch selten geschicht.
Vnd werden vielmehr die andern nötigen Straffen angesehen,
offentlich vnrecht damit anzugreiffen: So ziehen sie die Scherff-
straffen, den rechten nötigen Straffen für, vnd straffen gute verstendige wörter, so der hohen Deudschen sprach gemeß, Die in der
Fürsten vnd Herren Cantzleyen, auch in Wittemberger, Nürnberger
vnd Franckforter Biblien üblich, Lassen dargegen zu im Singen,
vndeutliche, vndeudsche wörter, vnd vbel lautende meinungen, so
zu hören gantz verdrießlich, Davon im bericht der Scherff, weit-
leufftiger vnterricht folget.

Solches hat mich verursacht, diesen kurtzen bericht des
Meistergesangs, an tag zu geben, Darinnen nicht alleine gründtlich
angezeigt wird, die Tabulatur, Schulregister oder Straffarticsel,
vnd wie sich Mercker vnd Singer auff der Schul vnd sonsten verhalten sollen, Sondern auch was das Meistersingen sey, Wie es
zuuerstehen, vnd wie sich Tichtens vnd Singens anzunemen. Ob
doch etliche [Bl. A 4 b] vberwitzige kluge Singer, jre spitzfündigkeit,
wolten sparen vnd fahren lassen, dardurch sie sonst diese löbliche
Kunst, vnd sich selbst, bey Erbarn Leuten, verechtlich machen.

Darumb Ich, zu ableinung solches vngrunds dieser Kunst,
diese müße vnd arbeit auff mich nemen wöllen. Nach dem ich
aber lengst verhofft, es würde ein solcher Bericht rechtes grunds
des Meistergesangs, zu förderlicher hinlegung der spaltung in
dieser Kunst, von einem andern verstendigern Singer herfür gelassen sein, der des Tichtens vnd Singens lenger vnd mehr als
ich gepfleget vnd geübet hette, damit ich als ein junger vngeübter
Singer, mein müße vnd arbeit het ersparen mögen. Weil aber
solches bißhero nicht geschehen, vnd Ich leider spüre, das diese
Kunst je lenger je mehr ins abnemen vnd verachtung kömpt, vnd
zu letzt gar verlesschen würde, Hat mich für nötig angesehen, solches
lenger nicht zuuerschieben, sondern fleis für zuwenden, ob solchem
möchte fürkommen werden, darzu Ich nach vermögen trewlich vnd
gerne helffen wolte.

Vnd weil am tage, das sich verstendige Leute, an dem gezenck
vnd spaltung, vnserer Tabulatur halben, sehr ergern, Deucht mich
gerathen sein, das man einerley gewisse Articsel vnd Regel, oder
einerley [Bl. A 5 a] Tabulatur hette, vnd nicht jeder ein besondere,
darob man standthafftig hielte, vnd darbey verbliebe. Wie denn
die Lateinischen Poëten bey jhrer Prosodia vnd Regulis semptlich

bleiben. Vnd ob schon vnter jhnen je einer ein besser Carmen macht
als der ander, so bleiben doch die Regulae Prosodiae vnuerendert.

Weil denn vnser Geticht der Meistergesenge, auch ein Deudsche
Poëterey von etlichen genennet wird, Als denn etliche vnsere
Strassregeln mit den Regulis Prosodiae über eintreffen, Sollen
wir billich vnsere Regeln oder Tabulatur, vnzertrenlich, einer wie
der ander halten vnd behalten.

Habe derhalben gedacht, gewisse Strassregeln der rechten Tabulatur ordentlich zu stellen, Rathende das man darob halten wölle.

Da aber jemandts was bessers wiste, Das zu merer richtigung
dienstlich were, wil ich mir es gerne gefallen lassen.

Alle Liebhaber dieser Kunst, Vnd insonderheit alle verstendige
Singer vnd Tichter, freundtlich bittend, hierinnen günstigen gefallen
zu tragen, vnd mit diesem meinem wenigen fleiß auff diß mal für
lieb zu nemen, Als ich denn solchs zu nutz vnd dienst aller dieser
Kunst liebenden, gantz wolmeinlich in Druck [Bl. A 5b] geben wollen,
damit diese Kunst niemand verborgen, Sondern menniglichen, der
darzu lust vnd liebe hat, hieraus kürtzlichen vernemen möge, Wie
man Singen, Tichten, vnd diese löbliche Kunst recht verstehen vnd
gebrauchen solle.

Das aber Edle, Gestrenge, Ehrnoheste, Erbare, Hoch
vnd Wolweise Herren, Ich diß mein Büchlein E. G. offerire, geschicht
fürnemlich darumb, Das in wolgemelten löblichen Kayserlichen
Reichßstedten, diese Christliche Singekunst anfenglich erfunden, gebraucht, vnd biß auff diese Zeit inn übung gehalten werden, vnd noch
von E. G. befördert vnd erhalten wird. Vnterthenigst bittende, E. G.
zu deren Ehren vnd wolgefallen, ich diesen meinen fleiß vnd mühe
gehorsamlich vnd gerne angewendet, solches zu günstigem gefallen
annemen, Vnd dieser Alten löblichen Kunst, ferners günstige be-
förderer, sein vnd bleiben wollen, Als mir nicht zweiffelt, E. G.
als Hochverstendige vnd erfahrne in allerley Disciplinen, sich diß
fals auch günstigst erzeigen werden, Vnd mich bey neben im
günstigem befelch haben. E. G. glückliche, friedliche Regierung von
Gott dem HERREN trewlich wünschende. Derselbige ewige Gott
verleihe vns allen, des hei-[Bl. 6a]ligen Geistes gaben, das im
Singen, Sagen vnd Tichten, wie auch sonsten in vnserm gantzen
leben, sein thewer Name geehret, vnd die liebe des Nechsten in fried
vnd einigkeit, dardurch gefördert werde.

Datum Görlitz, den 1. Aprilis, Anno 1571.

E. G.

Gantz dienstwilliger

Adam Puschmann, Mit-
bürger zu Görlitz.

Anmerkung: Hierunter befindet sich das Görlitzer
Stadtwappen (Vergl. E. Götze das Wappen der Meistersänger,
Archiv für Litteraturgeschichte Bd. V, S. 285).

Der Erſte Tractat.

Von eigenſchafft der Verſen oder Reymen, ſo zum Meiſtergeſang gehören.

ERſtlich muß man wiſſen, wie viel vnd mancherley Reymen oder Verß die Meiſterthön, nach jrer art
vnd eigenſchafft inhalten vnd vermögen.

Deren ſind Sechßerley.

I. Stumpffe Reymen.
II. Klingende Reimen.
III. Waiſen oder bloſe Reimen.
IIII. Körner.
V. Pauſen.
VI. Schlagreymen.

Dieſer Reymen art vnd eigenſchafft ſind alſo zuuerſtehen.

I. Die ſtumpffe Reymen, müſſen an der zal gerade
Sillaben haben, wo nicht ein Pauß oder klingender Schlag
Reymen vorher gehet.

II. Klingende Reymen müſſen haben vngerade Syllaben,
wofern nicht ein Pauß vorher gehet. [Bl. B 1ᵃ]

III. Waiſen oder bloſe Reimen müſſen im gantzen Lied
gar bloß vnd vngebunden ſtehen, ſie ſind Stumpff oder
Klingend.

IIII. Ein Korn muß durchaus in einem Lied ſich in allen
Geſetzen binden: Mögen auch Stumpff oder Klingend ſein.

V. Pauſen ſind Reymen oder Verß, haben nur 1. Syllaba, werden allweg forne an einem Reymen, oder hinden
nach einem Reymen geſetzt, Ein ſolche Pauß nimpt oder
gibt dem nechſten Reymen der nachfolget 1. Syllaba, ſie
ſein klingend oder Stumpff.

Ein klingender Reim, der der Pauſen folget, muß
gerade Syllaben haben, Ein Stumpff Reymen aber der jr
folget, muß ungerade haben, Am Gebänd aber nimpt ſie
keinem Reymen nichts.

Ein Tichter der ein Thon melodirt oder Tichtet, mag
eine Pauß binden, zu welchem Reymen er wil, Auch mögen
zwo Pauſen auffeinander gehen vnd geſungen werden,
müſſen ſich aber zwo Pauſen bald auffeinander binden.

VI. Schlag Reymen sind zweyerley, müssen nur zwo
Syllaben haben, mögen Klingend oder Stumpff sein, Es
ist aber ein onterscheid der zweyer Versen, Ein stumpffer
Schlagreim mag sein Gebänd suchen, wo in sein Tichter
hin bindet, wie ein anderer langer Stumpff Reim. Vnd
werden die Stumpffen Schlagreimen gemeiniglich voran,
oder zu letzt eines Thons für einem Reimen gesetzt, biß=
weilen auch in die mitten, aber selten. Auch mögen zween
Stumpff schlag Reimen auff einander gehen, müssen aber
einander binden.

Ein Klingend schlag Reimen aber, hat auch nur zwu
Syllaben, mus sich allwege auff den fürgehenden klingenden
Verß binden, Dem Verß aber der im folget, nimpt oder
gibt er eine Syllaba, gleich wie die Pauß, denn der klingend
Reim, der dem klingenden schlag Reimen folget, mus gerade
Syllaben haben, Aber ein Stumpffer mus ongerade Syl=
laben haben. [Bl. B 1ᵇ]

Vnd ist zwischen klingenden schlag Reimen vnd Pausen
ein schlechter onterscheidt, allein das die Pausen kein Ge=
bände jrret. Solches ist zusehen im oberlangen Regen=
bogen vnd Paratrey Friderich Ketners.

Nu die Art vnd Eigenschafft dieser Sechßer=
ley Reimen in Thönen zu erkennen, besehe man eigentlich
den kunstreichen oberlangen Thon des Regenbogens, der
denn diese Sechßerley Reymen nach rechter art innehelt.
Vnd ist gemelter Thon nicht allein, an zal vnd maß kunst=
reich, wie jtzt gesagt, Sondern auch an dem Gebänd vnd
Melodey.

Dieser sechßerley Reymen grund vnd art, sol vnd mus
ein jeglicher Singer der Thön vnd Lieder zu tichten sich
fleissigen wil, endtlichen erforschen vnd wissen, damit er
nicht vom rechtem wege, Meister lieder zu tichten, etwa
abweiche, sondern das rechte mittel vnd ziel halte, wie das
in den Sechßerley Reimen begriffen, denn ausserhalb diesen,
habe ich, weder an den Thönen der Alten zwelff Meister,
noch jren nachtichtern, keinen andern grund können ver=
mercken, wie fleissig ich diesem allen nachgestelt vnd nach=
gedacht.

Das aber etliche Newling vnd Klügling, eine besondere

art vorbemelter Reymen, jnen selbst fingiren, vnd andere zal vnd maß an tag geben, sonderlich mit den Pausen vnd jren nachfolgenden Reymen, Schlag Reimen vnd andern mehr, laß ich mir gar nicht gefallen, Weis auch nicht zu bewilligen, das jnen jhr fingirte anzal vnd maß verkereter Reymen im singen, solten begabet werden, Achte es auch für vnrecht, das mans im beweren jnen hat lassen gut sein.

Vermögen sie aber mit der ersten zwelff Meister Thönen einem gründlich zubeweisen, das solche zal vnd maß, wie die bey jnen breuchlich, darinnen befunden werde, wil ich jnen recht geben, vnd jr Gedicht billichen, vnd sonst nicht. [Bl. B 2ᵃ]

Ob man mich nun dagegen beschüldigen wolte, Ich hette aus eignem gutdüncken jrer Tabulatur Straffartickel etliches theils verendert vnd außgewechselt, kan ich dasselbige nicht verneinen, Wil aber mit jrer eignen Tabulatur, vnd etlichen Straffartickeln, die sie selbst nicht recht verstehen, bezeugen vnd darthun, das ich solches zu thun fug vnd vrsach genugsam gehabt, Vnd zweiffele nicht, verstendige werden mich hierinne gar nicht verdencken.

Folget von anzal der Syllaben in Reymen oder Versen.

Belangend die anzal der Syllaben in Reimen, weis ich niemandts eigentliche Ordnung fürzustellen. Jedoch aber achte ich nicht für künstlich, in einem Reymen oder Verß mehr als 13. Syllaben zu machen, weil mans am Athem nicht wol haben kan, mehr Syllaben auff einmahl auß zu singen, so auch ein zierliche Blum im Reimen sol gehört werden.

Wiewol ich selbst zu Nürnberg ein Thönlin von siben Reimen beweret habe, darinne in einem Verß 14. im andern 15. Syllaben gesungen werden, welcher überflus mich doch gerewet, doch weil das Thönlin nur 7. Reimen hat, left es sich mit kurtzen Blumen hinaus singen.

Wil hierinne einem jedern seinen willen lassen, Es schawe nur der Tichter, das er eine solche anzal der Syllaben vnd Blumen bringe, die man singen kan. [Bl. B 2ᵇ]

Der ander Tractat.

Tabulatur oder Schulregister des Deud=
schen Meistergesangs, sampt erklerung
beyderley Straffen.

Folgen die Straffartickel.

I.

Erstlich, Sollen alle Meisterlieder, nach vermüg der
hohen Deudschen sprach außgesungen werden.

II.

Alle falsche meinung bleiben vnbegabt.

III.

Falsches Latein strafft man jede Syllaba für 1. Syllaba.

IIII.

Eine blinde meinung strafft man für 2, Syllaben.

V.

Ein blind Wort strafft man für 2. Syllaben.

VI.

Ein halb Wort strafft man für 2. Syllaben.

VII.

Ein Laster strafft man für 2. Syllaben.

VIII.

Ein Acquinocum strafft man für 4. Syllaben.

IX. [Bl. B3ᵃ]

Ein halb Acquinocum strafft man für 2. Syllaben.

X.

Ein falsch gebend strafft man für 2. Syllaben.

XI.

Blosse Reymen strafft man für 4. Syllaben.

XII.

Ein stutz oder Pauß strafft man für 1. oder mehr
Syllaben, nach dem er kurtz oder lang ist.

XIII.

Zwen Reymen in einem Athem, strafft man für
4. Syllaben.

XIIII.

Milben strafft man für 1. Syllaben.

XV.

Zu kurtz vnd zu lang strafft man für jede Syllaba
1. Syllaba.

XVI.

Hinderſich vnd fürſich, strafft man jede Syllaba für
1. Syllaba.

XVII.

Lind vnd hart, strafft man jede Syllaben für 1. Syllaba.

XVIII.

Zu hoch vnd zu nidrig, strafft man für 1. Syllaba.

XIX.

Reden vnd Singen, strafft man ſo offt es geſchicht
für 2. Syllaben.

XX.

Verenderung der Thön, strafft man für jeden Reymen
4. Syllaben.

XXI.

Falſche Melodey, strafft man für 2. Syllaben. [Bl. B 3ᵇ]

XXII.

Falſche Blumen oder Coloratur, strafft man für
1. Syllaba.

XXIII.

Außwechßlung der Lieder, strafft man vmb ſo viel
Syllaben, als die hinderſtellige außgewechßlete Geſetz
vermögen.

XXIIII.

Irre werden, hat gar verloren.

Eylff Straffarticfel in die ſcherffe.

I.

Erſtlich Ein anhang, strafft man für 1. Syllaba.

12

II.
Eine Pauß oder Schlag Reim, in einem, zwey oder
drey Sylbeten wort, strafft man für 1. Syllaba.

III.
Ein heimlich Aequinocum, strafft man für 1. Syllaba.

IIII.
Ein differentz strafft man für 1. Syllaba.

V.
Gezwungene, Linde vnd Harte wörter, strafft man
für 1. Syllaba.

VI.
Klebsyllaben, strafft man für 1. Syllaba.

VII.
Klingend Stumpffreimen, strafft man für 1. Syllaba.

VIII.
Relatiuum ist ein wort daß zwo meinung regirt,
strafft man für 1. Syllaba. [Bl. 4ᵃ]

IX.
Halbrürende Reymen strafft man für 1. Syllaba.

X.
Zwen Sententz in einem Reymen strafft man für
1. Syllaba.

XI.
Zu hoch vnd nidrig, strafft man für 1. Syllaba.

Die ersten drey werden billich gestrafft, Die andern
mag man brauchen wann es von nöten thut, Nemlich,
wenn man vber dreymal zum gleichen kömpt.

**Erklerung der 24 Straffartickel, wie
man einen jedern Artickel insonderheit
verstehen sol.**

I. Es sollen alle Meister Lieder, nach vermög der
hohen Deudschen Sprach gedichtet vnd gesungen werden,
Sonderlich in BundReimen oder Versen, Wie die in der
Wittembergischen, Nürnbergischen vnd Franckfurbischen

Biblien, Auch in der Fürsten vnd Herren Cantzleyen üblich vnnd gebreuchlich ist.

II. Falsche meinung sind, alle falsche Abergleubische, Sectische vnd Schwermerische Lehr, der reinen lehr Jhesu Christi zuwider, die sollen vermitten bleiben.

III. Falsch Latein, dabey verstehe alle Lateinische wörter so contra Grammaticæ leges incongrue gesungen werden, Das können nu die, so Grammaticam nicht stubirt haben, gar nicht verstehen, Darumb sie die Lieder, so falsch Latein inhalten, sollen emendiren lassen, bey den Gelerten, so Grammaticam gelernet haben, Ob es schon nicht Meister singer sein. [Bl. 4ᵇ]

IIII. Ein blinde meinung ist, Wo man einen sententz oder meinung bringet, die den zuhörern nicht verstendtlich, Als, Ich vnd du sol komen, für, Ich vnd du sollen komen. Apocope.

V. Ein blind wort heist man, Wo man ein vndeut= lich vnd vnnerstendtlich wort bringet, das man nicht ver= stehen kan, Als, Sag, für, sach, Sig, für, sich etc. Tennis pro aspirata. Tennis pro aspirata.

VI. Ein halb wort nennet man, so einer ein wort verkürtzt in Syllaben, das mans nicht verstehen kan, Oder am Bundreimen das Bundwort spaltet. Als, Ich.kan es dir nicht sag, für, sagen.

VII. Ein Laster mus man also vernemen, So man in zweyen oder mehr Bundreimen oder Versen, die Vocales mutirte, oder die Diphthongos in Vocales, Als, wo ein wort, es sey stumpff oder klingend, nach rechter hoher Deudscher sprach, das a begerete in Bundreimen, vnd ein ander wort das o, vnd man sünge sie beyde auff das o. Also auch mit den andern Vocalibus, Denn dieweil die Vocales die Haubtbuchstaben sein, wie Grammatica zeuget, die alle Sprachen regieren, müssen sie auch im singen nicht verendert werden.

Weil aber etliche Nationes in jrem dialecto die Vocales mutirn, vnd sie ihrem Idiomate nach, der hohen Deudschen sprach vngemeß, außsprechen, damit ich nicht möchte beschüldiget werden, jnen jre Sprach zu straffen, oder zu verwerffen, so fern er darbey bleibet, vnd nicht

ein andere Sprach mit einfüret, Sonderlich sol jm sein
Sprach mitten in Reimen nicht angegriffen werden, Der=
gleichen die Bundwörter sollen auch nicht getadelt werden,
wofern sie einerley Vocales regirn, nach vermüge hoher
Teudscher sprach, Ob die schon seiner Sprach nach geendert
würden, Wie in folgenden Exempeln zuuerstehen. Als
wenn einer sünge nach der Nürnberger sprach, Es ist ein
fromer Mon, vnd er gieng dauon, Das wer zu straffen,
Denn das wort Mon, begert das a, Vnd das wort von,
das o. [Bl. 5 C^a]

Darumb mus man wörter nemen, so gleiche Vocales
regirn, Als, Er ist ein fromer Mon, vnd er ist auff rechter
bon.   In diesen zweyen wörtern ist das a ins o verwandelt,
Vnd ist jrer Nürnberger sprach nach, recht gebraucht.

Also sol es mit den Vocalibus vnd Diphthongis in
allen andern Idiomatis Deudscher zungen, so der hohen
Deudschen sprach nicht gleich sein, auch gehalten werden,
Als, wenn ein Schlesier sünge: Du holdselige sey gegrist,
für grüst, Das Hauß ist gar wist, für wüst.

Wenn aus dem Diphthongo ü an beyden wörtern
das i gebraucht wird, so ist es auch recht.

Wo aber das eine wort den Diphthongum ü, vnd
das ander wort den Vocalem i begerete, vnd man sünge
sie beyde auffs i, so were es strefflich. Also auch, wenn
die Schwaben oder andere Nationes das a in æ, oder
andere Vocales mutirten, sol es auch also damit ergehen.

Wo nu solche mutatio der Vocalium oder Diphthon-
gorum in zweyen oder mehr Reimen geschicht, wird jede
mutatio pro vnasyllaba gestrafft.

Wenn nu die hohe Deudsche sprach nicht wol bekant
ist, der lese die Wittembergische, Nürnbergische vnd Franck=
furter Biblien, Er wird daraus bericht.

VIII. Aequiuocæ werden genennet, Wo zwey oder
mehr wörter an den Bundreimen, sie seind klingend oder
stumpff, einerley Buchstaben oder signification haben, Als,
haben vnd haben, Han vnd han.

IX. Halb Aequiuocæ heissen, wo an den Bundreimen
ein klingend wort mit der ersten Sylben ein stumpffen
Bundreimen, mit einerley meinung vnd Buchstaben bünde

vnd außgeſungen wúrde, alſo das eine ſignificatio vnd
æquiuocum wúrde, Als Haben vnd hab. [Bl. 5 Cᵇ]

X. Ein falſch gebánd heiſt, Wo man die Thóne anders
bindet in Bundreimen oder Verſen, als ſie von jren Meiſtern
gebunden oder gereimet ſind, Oder wo ſich Reimenweiſen
oder Kórner in einem Geſetz binden oder reimen, dahin
ſie nicht gehóren.

XI. Bloſſe Reimen oder Verſen werden genennet,
Wo Reimen oder Verſen, ſie ſind klingend oder ſtumpff,
ſich nicht binden, Sondern bloß ſtehen, die doch ſollen ge=
bunden oder gereimet ſein.

XII. Ein Pauß oder ſtutz merck alſo, Wo man Pauſiret
oder ſtill helt, da man nicht ſol ſtill halten, Oder wo man
im ſingen ſtutzt, oder ein ſtúlperlein thut, vnd nicht fort
ſinget, wird vmb 1. Syllaben geſtrafft, wo die Pauß oder
ſtutz nicht ſo lang weret. Wo man aber lenger Pauſirt,
als man ein Sylben kan außſprechen, wenn man fein be=
dechtig vnd langſam redet, verſinget man ſo viel Sylben,
ſo lang man ſtill gehalten.

XIII. Milben heiſſen das, Wo man an einem klingenden
Reimen oder Verſen, dem klingenden Bundwort das N
abbreche, Da doch daſſelbige wort das N von Natur be=
gerete, Oder ſo einer in einem klingendem Bundreimen vnd
wort das N ſúnge, Vnd am andern Bundreimen das e,
da auch das n ſein ſolte, Als, Ich kan nicht ſinge, fúr ſingen.

XIIII. Zwen Reimen oder Verß in einem Athem,
nennet man alſo, wo man zwen Reimen oder Verß in
einem Athem hienaus ſinget, vnd nicht ſtille helt wenn ein
Verß ſich endet, Oder wo man nicht Pauß helt, da man
Pauſirn ſol. Wer das thut, der verkúrtzt den Thon vmb
ein Reimen, vnd verendert auch dem Thon das Gebánd.

XV. Zu kurtz vnd zu lang heiſt man alſo, Wo man
in einem Reimen oder Verß zu viel oder weniger Syllaben
ſúnge, als jn ſein Meiſter gemacht hat.

XVI. Hinterſich vnd fúr ſich, merckt man alſo, Wo
man etwas in einem Reimen oder Verß auſſen leſt, vnd
es widerho=[Bl. 6 C2ª]let, oder Wo man etwas widerholet, Repetitio.
das man zuuor geſungen, Dergleichen ſo man ein wort
zweymal ſinget.

XVII. Lind vnd hart ist zu mercken, Wo man in zweyen Bundreimen oder Versen, zwey wörter zusamen bünde oder reimete, so daß eine liud vnd das ander hart were, Als wenn man in einem wort das B, vnd im andern das P, oder T vnd D oder auch einfache oder zwifache Buchstaben, zusamen gebunden oder gereimet würden.

XVIII. Zu hoch vnd zu nidrig, verstehet man also, In einem Gesetz sol man nicht höher oder nidriger an= heben zu singen, Sondern wie man das Gesetz angefangen, sol man es hinaus singen. Im Gesetz aber sol man es bey bemelter straff vnterlassen, So aber einer mit der stim kan vntersich oder vbersich ziehen, tregt es jme keine straff.

XIX. Reden vnd singen heisset, Nach dem man auff dem Stuel hat angefangen zu singen, sol der Singer nicht reden, ehe er seinen Gesang vollendet hat.

XX. Verenderung der Thön heisset, Wo man in einem Thon mehr oder weniger Reimen oder Verß singet, Oder die Reimen außwechselt, anders als jhn sein Meister im beweren gesungen hat.

XXI. Falsche Melodey mag also genennet werden, Wo man einen Thon in ein ander Melodiam oder weiß forne vnd hinden an den Reimen oder Versen sünge, als sein Meister gesungen.

XXII. Falsche Blumen oder Coloratur mag man also mercken, Wo man einen Thon, in Reimen, Stollen oder Abgesange, mit viel andern Blumen, Coloratur oder Leufflin sünge, weder das jhn sein Meister geblümet oder Colorirt hette, Also das die Melodia des Thons angegriffen würde vnd vnkendtlich gemacht, Oder so die Reimen oder Verß in Stollen oder Ab= [Bl. 6 C 2ᵇ] gesenge in einem Gesetz, als im andern, anders geblümet würden.

XXIII. Außwechßlung der Lieder mag man also er= kennen, Wo man auff der Singschul im singen vmb eine Gabe, aus einem gefünfften oder gesiebenden Lied, ein gedrittes nimpt, vnd es an stat eines gedritten Liebs singet, Oder so man aus einem gesiebenden Lied ein gefünfftes singet, das also die Lieder außgewechselt würden.

XXIIII. Irren oder Irr werden, mus man also verstehen, Wer irr wird im singen, es sey im Text, in der Melodey, in Reimen oder Versen, in Stollen, in Abgesengen oder gantzen Gesetzen, da man irr wird vnd eins für das ander singet.

Erklerung der XI Straffartickel in die Scherffe.

I. Ein anhang ist also zuuerstehen, Wo man aus einem gutten stumpffen einsylbigen Bundwort, ein böß **Paraguge** klingendes zweysylbiges wort machet, das von Natur nicht klingend ist, noch sein sol, Auch mitten im Reime, da man es sonderlich wol endern kan. Exempli gratia: Es ist ein fromer Mane, für, Es ist ein fromer Man. Diß wort ist klingend, vnd solte doch der meinung nach nicht klingend sein, sondern stumpff, Denn das wort Mane ist ein Lateinisch vnd kein Deudsch wort, Schicket sich zu dem obern Sentenz gar nicht.

Darumb sollen sich die Tichter gewehnen, das sie an stat solcher anhangenden, vndeutlichen klingenden wörter, gute verstendige klingende wörter brauchen, die sich zu jeder meinung schicken, Solcher guter klingenden wörter kan man gnugsam haben, so man jnen wil nachdencken vnd forschen. Diese straffe [Bl. 7 C 3ᵃ] solte gar billich in der Tabulatur oder in vorgehendem Register gesetzt sein, Warumb es aber vnterlassen, wird hernach angezeigt, in dem bericht der Scherff.

II. Ein Pauß oder Schlagreim, in einem zwey oder dreysylbigen wort, verstehet man also, Zu einer Pauß in einem Thon, sol man kein wort brauchen, das zwo oder mehr Syllabas vermag, vnd dasselbige nicht zertheilen vnd im wort Pauß halten, Sondern zu einer Pauß sol man ein wort nemen, das nur eine Syllabam innehelt, welcher wort auch gnugsam sind, wer jnen nachdencken wil.

Diese straff solte ja auch billich mit sampt der vorgehenden, in die Tabulatur oder Schulregister gesetzt sein, Weil vnser singen von verstendigen vnd Gelerten Leuten für nichtig vnd vnkünstlich gehalten wird, von wegen der zweyerley wörter. Derhalben ich auch diese zweyerley, als Anhang, Klingende vnd Gespaltene wörter, gantz für vnkünstlich achte, in Meisterliedern zu gebrauchen, Weil man im schreiben vnd reden, einen gantzen sentenz nicht pfleget zu spalten.

Wil dero wegen alle Tichter vnd Singer fleissig er= manet haben, solche zweyerley wörter, auch die mutirten Vocales, davon in den ersten straffen gemeldet, im Tichten vnd Singen, neben andern verbottenen straffen zu meiden vnd zu vnterlassen, Damit sie dieser lieblichen Kunst, auch jnen selbst, nicht vnuerstandt, vnkunst, verachtung, spott vnd hon, zumessen vnd fügen.

III. Heimliche Acquinoca heisset man, Wo man in einem Gesetz an zweyen Bundreimen oder Versen, zwey wörter brauchet, die einerley signification oder meinung haben, vnd doch mit zweyerley Buchstaben geschrieben werden, Als wenn man sünge in einem Reimen: Er ist ein fromer Suhn, Vnd im andern Reimen, Er ist mein Sohn. Diese zwei wörter, Suhn vnd Sohn, werden mit zweyerley Buchstaben geschrieben, vnd [Bl. 7 C 3ᵇ] geben dem Buchstaben nach kein Acquinocum, der meinung aber vnd dem Sentenz nach geben sie ein Acquinocum.

Also wo ein klingendes wort mit der ersten Syllaba der signification nach ein stumpffen Reimen vnd wort be= trifft, Als wenn man also sünge: Ich wil es also haben, Vnd: Er sol es alles han. Diese zwey wörter werden auch mit zweyerley Buchstaben geschrieben vnd außgesungen, haben doch eine meinung oder bedeutnus.

Es haben auch etliche Singer vnd Tichter in gewon= heit, das sie nicht allein in einem Lied, sondern auch wol in einem Gesetz, Stollen oder Abgesang, wörter einfüren, die einerley signification haben, vnd doch mit zweyerlei Buchstaben geschrieben vnd gesungen werden, Vnd füren also gleich mit ein zweyerley Sprachen, Als Sun vnd Son, Thun vnd Thon, Sonnen vnd Sunnen, Wonnen vnd Wunnen, vnd dergleichen wörter mehr. Solche wörter werden auch billich heimliche Acquinoca genennet, vnd in die Scherffe gestraffet, so offt sie gesungen werden, Es ge= schehe gleich in Bundwörtern oder mitten in Versen.

Diese straffen solten auch billich in das erste Schul Register gestelt werden, wo man sleissig Singen vnd mercken wolte.

Diese drey erzelten Artickel sind straffens wol werdt. Die folgenden Achte aber, sind nur denen fürgestellet zu gebrauchen, die gern etwas sonderlichs haben wollen, vnd jhren oberwitz nicht lassen können.

IIII. Ein differentz vernempt aus folgenden Exempeln, Als wenn einer sünge, Sanctus Paulus schreib, für Sanctus Paulus schrieb, Oder, Der Hirt damals die Schaff hin treib, für, Der Hirt damals die Schaff hin trieb. Diß klügeln möchte man auch wol vnterlassen, Ich kan es auch nicht für strefflich vrtheilen. [Bl. 8ᵃ]

V. Gezwungen lind vnd hart, vernempt also, Wenn zwey wörter ein Vocalis regirt, vnd der Vocalis in einem wort lind im andern hart lauten solt, Vnd man zwunge beide wörter im singen, das sie lind oder hart lauteten, damit das gebänd recht were. Exempli gratia: Man bringt vns her, Ein newe Lehr. Diese zwey wörter, Her vnd Lehr, werden mit einem E außgesprochen vnd ge=schrieben, Lautet doch das (Her) hart, vnd das (Lehr) lind, im außsprechen vnd singen, Im schreiben aber nicht.

Darumb sol man achtung haben, das man zwey wörter bringe, die beyde hart oder lind sind, Als: Man bringt vns her, Viel newe mer. Oder: Man sagt fort mehr, Ein gute Lehr.

Diese zwey Exempel weren also gut gebraucht, wo man nun, Her vnd Ler, Wer vnd Ser, im singen zusamen lind oder hart zwunge, mag mans in die scherffe straffen.

Wiewol etliche oberwitzige Singer, solche gezwungene wörter durchaus straffen, Ob man schon nicht in die scherffe mercket, Achte ich es doch nicht für strefflich, wenn man nicht in der scherffe mercket, Weil solche wörter doch nicht anders können geschrieben werden als mit dem E, Denn man kan die Vocales im schreiben in vielen wörtern doch nicht endern, ob es sich schon im außsprechen bißweilen anders begibt. Vnd ob schon das E bißweilen ein wenig gezwungen wird, gibt es doch nicht so gar bösen verstand, als die anhangenden wörter.

Darumb mögen spitzfündige Singer, diß vnd ander
grübeln vnd klügeln wol vnterwegen lassen, vnd dagegen
auff vnkunst vnd vnuerstandt achtung haben vnd straffen.

VI. Klebsyllaben mercke also, Wo man einem wort
das zwo oder mehr Syllabas hat, eine oder mehr Syllaben
Elisio abkürtzt, vnd mit einer oder zwo Syllaben außspricht,
Oder so man zwey wörter in einem außsinget an dem
Bundreimen oder Versen, Als, Zum, für, Zu dem. [Bl. 8ᵇ]

Was man aber sonst für wörter braucht, Als, Man
sagt, Man spricht, Man schreibt, Man springt, Man singt,
Man trinckt, vnd dergleichen wörter, da nicht von nöten
klingende wörter, darauß zu machen, Welche wörter auch
in der Fürsten vnd Herren Cantzleyen vnd Mandaten
breuchlich, damit man mit wenig vnd kurtzen worten viel
begreiffen mag, Welche nach rechter hoher Deudscher sprach
deutlich vnd vnd verstendtlich sein, sol man gar nicht straffen,
noch für Klebsyllaben rechnen, wie etliche Klügel pflegen,
die solche gute wörter angreiffen vnd tadeln, vnd dagegen
was strefflich zu lassen.

VII. Klingende stumpffe wörter, werden genennet, Wo
man zu einem stumpffen Bundreimen oder Versen, ein
klingendes wort nimpt, vnd darauß ein stumpffen Bund=
reimen macht, darzu denn solt ein ein*) stumpffes wort ge=
braucht werden, Als, wollen, Vnd, Alßdenn, Solches mag
man auch in der scherffe straffen, wenn man klügeln wil.

Macht man aber aus zweyen klingenden wörtern zwey
stumpffe, mag mans für 2 Syllaben straffen.

Ohn ein solches achte ichs auch nicht strefflich, sonder=
lich wenn gute verstendige klingende wort darzu genomen
werden, Denn es ist weniger strefflich, als so auß guten
stumpffen wörtern vbelklingende gemacht werden, darauß
falscher verstandt erfolget.

Ob nun solche stumpffe Bundreimen aus guten
klingenden wörtern gesungen würden, vnd im mercken
leichtlich für klingend Reimen geschrieben werden, Sollen
verstendige Mercker, auff die Thön achtung haben, welche
Reimen oder Verß, stumpff oder klingend sein.

---

*) ein steht zweimal da.

VIII. Relatiuum, ober ein wort das zween Sentenß regirte, merdt man also, Wenn einer zween Sentenß sünge, vnd das leßte wort am ersten Sentenß teme im anfang, bem andern [Bl. 9 Dᵃ] Sentenß zu hülffe, damit daßselbige wort benben Sentenßen ben verstandt mit brechte, Das sasse aus folgendem Exempel: Wenn einer sünge, Was nicht recht gesungen wird gestrafft, Das wort (wird) regirt forne vnd hinden. Es solte stehen, Was nicht recht ge= sungen wird, wird gestrafft, Aber von wegen der fürße wird es ein mal ersparet.

Wenn man scharff merden, vnd im Gesang grüblen wil, mag mans angreiffen, Sonst mag mans wenn es von nöten, passieren lassen.

IX. Halbrürende Reimen ober Verß mag man also erkennen, Wo man stumpffe vnd klingende Reimen zusamen bindet vnd reimet, Also, wenn ein klingend Bundwort mit ben ersten Syllaben ein stumpff Bundwort rüret vnd bindet, bie boch sonst nicht zusamen gehören.

Also auch, wo in einem Geseß zwen klingende wörter
(sic)
mit ber ersten Syltaba einander binden, bie boch nicht zusamen gehören.

X. Zween Sentenß in einem Reimen, ist also zu= uernemen, Wo man zwo meinung ober Sentenß in einem Reimen sünge, vnd kurß zusamen fassete, Das man boch sonst weber im schreiben noch reden pflegt zu gebrauchen.

XI. Zu hoch vnd nibrig vernimpt man, Wenn man ein Gesang zu hoch ober nibrig ansecht, bas mans mit ber stimm nicht erreichen kan, sondern bas ber Gesang höher ober nibriger muß angefangen werden.

Bericht von onterscheid ber Scherff
vnd rechten Tabulatur, wie man jhre
straffen onterscheiben sol.   [Bl. 9 Dᵇ]

Diese XI Straffartidel, so zu ber Scherffe verordnet, solten billich in bas erste Schulregister ober Tabulatur mit eingezogen sein, vnd gleichsowol als bie förbern 24. Straffen gestrafft werben, Sonberlich bie ersten bren, wie gemelt.

Aber von wegen etlicher spitzfündiger scharffen Singer, die sich bedüncken lassen, sie sind in der Kunst nur hoch daran, also, das sie auch nicht begeren zu singen, wo man nicht in die scherff mercket. Hab ich jnen die XI. Straffen außgezogen, welche meines bedünckens billich in die Scherff zu straffen weren. Denn von der Scherff vnd vnkunst, die sie biß auff heute haben vnd rhümen, vnd zwar doch nicht selbst verstehen, Ich mit Herr Hans Sachsen nichts halten kan noch wil.

Jedoch aber, weil man ja was scharffes haben wil, die scharffen Singer im gleichen zu entscheiden, Habe ich, nach dem die vorigen XXIIII. Straffen alle vermitten, vber das alles diese XI. Straffen verordnet, darauff achtung zu haben, Sonderlich auff die Nachhangden Syllaben, Pausen vnd schlagReimen, so in zwey oder mehr Syllabigen wörtern gehalten, Auch auff die heimliche Aequinoca, welche so sie nicht vermitten werden, dieser löblichen Kunst grossen vngelimpff vnd verachtung zu fügen.

Denn ja solche vndeutliche wörter, in keinen Cantzeleyen oder Mandaten, auch in keiner Biblien, im brauch seind, viel weniger in rechter hoher Deudscher sprach, deren wir vns alle rhümen, Darauff doch entlich vnser Gesang gerichtet ist vnd sein sol, der wir keines weges nachkomen: In gebrauch solcher vndeudscher wörter, welche nicht allein contra Grammaticam sein, Sondern auch viel vndeutliche falsche vnd vbel lautende meinungen mit sich bringen, Dardurch denn auch manche gute verstendige meinung verkrüpelt vnd zu nichte gemacht wird. [Bl. 10 D 2ᵃ]

Derhalben es denn die Gelerten vnd verstendigen, als ich selbst viel gehört, nicht vnbillich verlachen vnd vernichten, Weil wir vns groß rhümen, aber wenig beweisen, vnd vber vnsern Straffarticeln nit halten, wie gebürlich, Offtmals werden viel gute verstendige, vntadeliche wörter, hoher Deudscher sprach gemeß carpiret vnd angriffen. Alß denn in auffmerckung der Milben, Klebsyllaben, Differentzen, Halber differentzen, Laster, Halber laster, Halbe aequinoca, vnd dergleichen Straffen, so jhre gantz vnkünstliche Scherff innehelt, vnbillich geschicht, Vnd dagegen was straffens wol werd, das bleibt vngestrafft.

Damit aber jre ſolche vermeinte Scherff ſtraffen menniglich bekendtlich, Wil ich ſie auffs kürtziſt, wie folget, anzeigen, vnd darüber verſtendige Leute iudiciren laſſen, Ob ſie billich oder vnbillich zu ſtraffen ſind.

I. Ein Laſter nennen ſie, Wo zwey wörter auffeinander folgen, die einerley Vocales regirten, als, Das, Was, Wer, Der, Wie, Die, Der, Her.

II. Ein geſpalten Laſter, Wenn ein einſyllabiges wort zwiſchen ſolchen zweyen wörtern ſtehen, als, Zwar, vnd dar, Die, vnd ſie.

III. Differentz, Wo zwey wörter auff einander gehen, die mit einerley Buchſtaben geſchrieben ſeind, als, Das, Das, Jn, Jhn.

IIII. Geſpalten Differentz, Wo ein wort zwiſchen ſolchen zweyen wörtern ſtehet, als, Das vnd das, Die vnd die.

V. Schnurrend Reimen, Wo ein e oder ander Buch=ſtaben im wort erſparet wird, als, Fewr, für, Fewer, Himliſch, für, Himeliſch. [Bl. 10 D 2ᵇ]

VI. Klebſyllaben, Wo man aus einem zwey ſylbenden wort ein einſylbendes macht, als, Schreibt, für, ſchreibet, Lobt, Merckt etc.

VII. Milben, Wo einem wort in der mitten ein Vocal wird abgebrochen, Oder zwey wörter in eines gezwungen, als, Küngin, für, Künigin, Vom, für, von dem, Zum, für, zu jm.

VIII. Heimliche æquinoca, Wo ſich zwei Bundwörter mit einem S anfahen, als, Schein vnd ſtein, Oder auch mit einem Z vnd S, als, Zagen vnd ſagen.

Jetzt benente Artickel jhrer Straff, ſind ja alle der hohen Deudſchen ſprach wol gemeß, werden in Cantzleyen, ſo wol auch in viel gemelten Hochdeudſchen Biblien offt gebraucht, vnd benemen den regulis Grammaticæ oder Proſodiæ, auch der Zwelff Meiſter Tabulatur gar nichts: Darumb achte ichs gar für vnbillich ſie anzugreiffen, Habe derhalben an jhre ſtat etliche ander Straffen geſetzt, welche der Grammatica vnd der hohen Deudſchen ſprach gantz zu wider ſind.

Jch kan auch nicht gleuben, das vnſere Vorfahren,

die erſten Zwelff Meiſter, als Gelerte vnd verſtendige
Leute, die der Grammatica vnd Proſodia gründtlichs wiſſen
gehabt, ſolche Artickel zu ſtraffen, verordnet haben, Vnd
im fall ſolches von jhnen geſchehen, haben ſie doch die=
ſelben anders der Proſodia nach gemeinet, denn es vnſer
Klügle deuten.

Weil man ſie aber ſolchen grundt nach, nicht recht
wil erkennen lernen, wil ich an derſelben ſtat, etliche
ſtraffen ſetzen, die jnen kendtlich, damit ſie jrem begeren
nach, etwas ſonderlichs haben.

Das ich aber die Straff der anhangenden wörter,
Heimliche æquinoca, dergleichen auch die Pauſen vnd
Schlagreimen, in den geſpaltenen zwey oder drey ſyllbenden
wörtern [Bl. 11 D 3ᵃ] nicht in die Tabulatur vnter die
XXIIII. Straffartickel geſetzt habe: Iſt erſtlich der vrſach
halben geſchehen, Weil die Proſodia Paragogen, Apocopen,
Sincopen, Sinæreſin, in latinis carminibus, wo die recht
gebraucht werden, zu leſſet, Wil ich dieſe Straffen auch
nicht ſtrefflich halten, wofern ſie nach art der Proſodia im
Tichten vnd Singen recht gebraucht werden.

Zum andern, Das ich meinem Lehrmeiſter vnd lieben
Freund Herr Hans Sachſen, von dem ich mehrertheils den
bericht dieſer Kunſt anfenglich bekomen, ſein Gedicht nicht
gerne verwerffen wolte, weil er obgemelte figuras in ſeinen
Gedichten offt vnd viel contra Proſodiæ præſcriptum ge=
braucht hat, daran zwar die verſaumnus ſeines ſtudierens
in der Jugend ſchuld hat, vnd hoch zu beklagen.

Solte ich nu ſein ſo artliches vnd vielfeltiges Gedicht,
deßgleichen jhm keiner nachdichten wird, verwerffen, wolte
mir vbel anſtehen, Dieweil man es auch zu der zeit anders
nicht gewuſt, vnd vielleicht die Straffartickel der alten
Zwelff Meiſter nicht recht verſtanden ſind worden, die ohne
zweiffel werden diſtinctionem gehalten haben, zwiſchen
vnſern Regeln vnd den Regulis Proſodiæ.

Wil hiemit alle Singer vnd Tichter trewlich vnd
fleiſſig vermanet haben, ſolche anhangende wörter oder
Paragogos nach innhalt Proſodiæ recht zu gebrauchen,
oder gar zuvermeiden.

Dergleichen auch, das man in keinem wort das zwo

ober mehr Syllaben vermag, Pauß halte, vnd das wort
zerspalte, denn es auch gantz vnkünstlich ist.

Also auch die heimlichen æquinoca, damit nicht ein
wort oder signification an den Bundreimen oder Versen,
in einem Gesetz zwey oder mehr mahl gebraucht werde,
Auff das nicht vrsach geben werde, Gelerten vnd vngelerten,
diese liebliche vnd löbliche Kunst, zuuernichten. [Bl. 11 D 3ᵇ]

Auch ja fleissig achtung haben, im mercken, damit die
ersten drey Straffen der Scherff, neben den vorigen XXIIII.
möchten vermitten bleiben. Vnd wenn es von nöten thut,
in die Scherff zu mercken, diese drey Straffen, fürnemlich
so wol als die vorbemelten 24, angreiffen.

Nachmals die andern acht Straffen der Scherff, als
Differentzen gezwungen lind vnd hart, Klebsyllaben, Relatiua,
Klingend stumpffwörter, Halbbrürend Reimen, Zu hoch vnd
nidrig, etc. nach jhrer art vnd eigenschafft, wie sie erkleret,
vnd angezeiget seind, an stat jrer vorigen vngegründten
vnd vngereimten Scherff, mercken vnd straffen, wo es ja
von nöten sein wolt.

Wiewol ich bekennen mus, das die letzten Acht
Straffen, eben so wol als jre vorige vngegründte Scherff
auch nicht, nötig sein, Achte sie mehr für ein hindernis
dieser kunst, weil man dunckeln verstandt an jre stat setzen
mus, wenn man sie alle außrotten wil, Darumb sie nur
den grüblern vnd klüglin zu gefallen gestelt, köndten sonst
wol vnterlassen werden.

Wofern nu jemandts diese Schuel Register oder
Straffen, erstes ansehens, vnuerstendtlich, der lasse sich
darauß verstendige Leute entscheiden. Verhoffe gentzlichen,
kunstliebende vnd fleissige Singer werden dieser Tabulatur
nachdencken, verstehen, vnd derselben folge thun, Sie werden
der zuuor gebrauchten Scherff bald vergessen, vnd zu rechtem
verstandt dieser lieblichen Kunst wol komen, Auch lust vnd
liebe neben mir darzu gewinnen. [Bl. 12ᵃ]

Der dritte Tractat.

Von den Thönen vnd Melodeyen, wie
man sie Tichten vnd beweren sol, Mit
angehester Schulordnung.

Von den Thönen vnd Melodeyen.

WER einen Meisterthon machen oder Melo=
diren wil, Der mus erstlich mit fleis achtung haben, auff
die eigenschafft der sechßerley Reimen oder Verß des
Meistergesangs, damit er nicht die zal vnd maß der
Syllaben vbertrette.

Nachmals mag er die Melodey setzen, vnd nemen
worauß er kan vnd wil.

Er mus aber fleissig warnemen, das keines Versen
Melodey, so er tichtet, in einem andern Meister Thon mit
der Melodey eingreiffe vnd berüre, so weit sich 4 Syllaben
erstrecken, Wie von beweren der Thön gemelt wird, Also
das in 4. Syllaben die Melodey, so wol die Coloratur
gantz vnd gar hinden vnd forne nichts angegriffen würde,
Sondern andere newe Melodey vnd Blumen, so andere
Thöne der Meister singer nicht haben, damit keinem andern
Thon seine Melodey in einigerley Reimen möchte enzogen
werden, Vnd ob die Melodey die er tichtet, schon mit zwo
oder drey Syllaben ein andere Melodey angriffe, das er
doch mit der vierden Syllaben beyde die Melodey vnd
Blumen wie er kan vnd mag, wider herauß fürete. [Bl. 12ᵇ]

In Pausen oder Schlagreimen mus man sonderlich
achtung geben, auff die Blumen oder Coloratur der Pauß
vnd Schlagreimen anderer Meister Thön, das dieselbige
nicht den vorgetichten gleich lauten oder klingen.

Also auch im Gebänd der Thön muß man auff=
merckung haben, das sie nicht durchaus andern Thönen,
gleich jr gebändt haben.

Dergleichen muß man auch andere Zal vnd maß der
Versen setzen, damit nicht zween oder drey Thöne, in allen
Reimen einerley anzal der Syllaben in Reimen haben.

Von Vberkürtzen Thönen.

Beyde oberkürtze vnd vberlange Thöne betreffendt,
Weis ich auch nicht anzuzeigen, gewisse ordnung darinne
zuhalten, weil der Tichter so viel seind, die jnen selbst zal
vnd maß, nach jrem gutbüncken, für fassen.

Demnach, aber bey vnsern alten Vorfahren den XII.
Meistern, auch bey jren nachtichtern erfunden wird, das
sie vnter sieben Reimen oder Versen keinen Thon gemacht,
Rathe ich, das man nach auff heut keinen Thon vnter
sieben Reimen gelten lasse, oder begabe, Wie denn vnser
Vorfahrn auch gethan haben.

Wie wol ich von dem gar kurtzen Thon Heinrich
Mügelings verneme, der da nur fünff Versen haben solt,
Kan im doch für keinen Meister Thon im gemerck gelten
lassen, Weil kein verstendiger Spruch oder sentent͜z, sampt
dem Capitel desselben Spruchs, in dem Thönlein kan an=
gezeigt werden.

So weis ich auch wol, das es mit diesem Thönlein
obbemelt, zugehet, wie mit etlichen andern Thönen er=
gangen, welche felschlich vnter dem namen der alten Zwelff
Meister nur [Bl. 13 E^a] fingirt, vnd also vor jre Thöne
außgegeben, Wie billich solchs geschehen, gebe ich menniglich
zuerkennen.

Von vberlangen Thönen.

Mit den vberlangen Thönen, besind sichs auch nicht
bey den Alten, das einer den andern so hoch vberstigen
hette, wie jetzt vnter vns geschicht.

Dieweil man es aber ja für eine Kunst achtet, vber=
lange Thön zu machen: Deuchte mich, es were vbrig lang
vnd hoch gnug hinauff gestiegen, wenn ein Thon 100. Reimen
oder Versen hette, vnd das die Thön so vber 100. Reimen
kein Vortheil hetten, vor denen so 100. inhalten, bey den
man es solte bleiben lassen.

Weil doch nicht wol müglich in solchen vberlangen
Thönen ein gedrittes lied nacheinander zu singen (Ich ge=
schweige der gefünfften oder gesiebenden Lieder) Wie sich
denn wol gebürte.

Denn künstlicher ist es, das liebliche Thöne gemacht werden, darinnen man ein schön gesünfft oder gesiebend Lied, von dem Meister der jn gemacht hat, hören kan, als das, wenn es zum beweren kompt, nicht wol ein Gesetz von dem Meister, der jn gemacht, auff die Bahn mag gebracht werden, Wie ich denn offt gehöret habe, das denn ein spott ist, vnd verdrießlich zu hören.

Vom Beweren der Thöne.

Von Thönen zu beweren were auch zu melden, wenn es gefallen wolten. [Bl. 13 Eᵇ]

Billich ists vnd recht, das man ein Thon drey mal von seinem Meister selbst höre. Also, das er den Thon zum ersten mal auffs nidrigst als er vermag, für der gantzen Geselschafft hören lasse. Zum andern mal, mit volkomender stimmen, wie man auff der Schul pfleget zu singen. Zum dritten mal, auffs höchst als er jhn mit der stimm erheben kan. Es würde denn von wegen Alters, der vnuermöglichen stimm halben zu gelassen, das ein ander an des Meisters stat, seine Thön für sünge, vnd die beweren liesse. Auch wo Singer weren an örten, da es keine Geselschafft hette, möchten sie die Thön, auch lassen andere für singen vnd beweren, in den Stebten, wo Geselschafften sind.

Nachdem man nu fleissig auffgemerckt hat, so lasse man die gantze Geselschafft indiciren, ob auch der Thon etwa mit vier Syllaben (denn mit siben Syllaben, wie bißher breuchlich, ist gar zu viel) mit der Melodey in andere Thön eingegriffen hette.

Also würden die oberlangen Thön etliche, mit jren kurtzen Versen, wol dahinden bleiben.

Vnd so der Thon nirgends etwa mit vier Syllaben in andere Melodeyen het eingegriffen, jm als denn lassen beweret sein.

Derselbe Meister sol selbs den Thon benamen, vnd ein Gesetz darin er jn beweret, selbst in ein Büchlein so ins Polpet gehörig, zum gedechtnus einschreiben, mit beygesetzter Jahrzal vnd Tag.

Hierauff ſol ihn die Geſelſchafft der Singer, ſo diß=
mal darbey ſein, an derſelbigen Zech frey halten, oder
ſeine Zech aus dem Polpet nemen, es ſei in Wein oder
Bier, Damit er nicht ſeinen fleis, mühe vnd arbeit, vmb=
ſonſt gehabt, vnd nicht, wie an etlichen orten ein vnfreundt=
licher brauch, das er der Geſelſchafft, eine Viertel kanne
Weins, zu lohne geben müſſe, Da man denn offtmals den
Thon leſt beweret ſein, von wegen eines [Bl. 14 C 2ᵃ] truncks
Weins, damit man nur zu ſauffen habe, Es greiffen gleich
die Thöne ein oder nicht.

Doch wil ich hierinne, wie auch im vorigem, niemandts
Ordnung geben, Sondern nur mein gutdüncken vnd wol=
meinung, menniglichen angezeiget haben, was mich hierin
nach meinem einfeltigen verſtandt, vor billich gedeucht.

Ein Erbare Geſelſchafft, in was Stadt vnd Ort ſie
ſind, wird wol wiſſen, was nach jrer wolmeinung für
Ordnung hierinne zu halten ſey, Damit an ſolcher alten,
löblichen, lieblichen vnd Chriſtlichen Kunſt, nichts verſeumet,
Sondern vielmehr gebeſſert, gefördert vnd erhalten werde.

Schul Ordnung.

Wie es die Mercker vnd Singer, auff
der Singſchul vnd in der Zech, mit dem
Mercken vnd Singen, Auch mit den
Gaben vnd Gewinnetern
halten ſollen.

ERſtlich, Wo es in einer Stadt ein Geſelſchafft der
Singer hat, Sollen auff der Schul alle Meiſter Thön
(die das Schulgemeß nemlich 20. Reimen oder Verſen,
vnd darüber innehalten, So ehrliche Singer vnd Meiſter
beweret haben) zugelaſſen werden vmb Gaben zu ſingen.
Vnd ſollen die vier Haupt Thöne, der vier gekrönten
Meiſter, für andern Thönen keinen vortheil haben, Wie
ſonſt auf andere Schulen breuchlich. [Bl. 14 C 2ᵇ]

II. Wo ein ehrliche Geselschafft oder gemeine der Meister singer seind, den es von einem Erbarn Rath derselbigen Stadt zugelassen ist, gemeine Schulen zu halten, Da mögen Thön verhöret vnd beweret werden, Wie vom Beweren der Thön gemelt ist.

III. Es sol vnd kan kein Gemerck recht bestelt werden, wo man nicht einen Mercker darbey haben kan, der Grammaticam verstehet, vnd etwas stubiret hat, Darumb sol man trachten auff einen Singer, der Grammaticam vnd jre Regulas verstehet, vnd jnen zum Mercker neben andern zweyen verstendigen vnd wolgeübten Singern, erwelen.

IIII. Auff der Singschul, sollen durch das Jahr zwei Gemeß gelten, vnd gehalten werden, einen Sontag vmb den andern, Nemlich, ein langes vnd kurtzes, Vnd allwege in einem Monat oder dreyen Wochen, nach dem es die gelegenheit gibt, Schul gehalten worden.

Auff den ersten Sonntag vnd Schulen, sol das kurtze Gemeß, Auff den andern Sontag vnd Schulen soll das lange Gemeß gelten.

Wenn das kurtz Gemeß gehet, sollen auff derselbigen Schulen, vmb die Gaben vmbs Hauptsingen, vnter 20. Reimen oder Versen, nicht gesungen werden, Sondern was darüber ist. Zum vergleichen aber, so die Hauptlieder glat vnd gut gesungen, vnd die Straffen, laut der Tabulatur, vermitten werden, Sollen vnter 30. Reimen nicht gesungen werden, Was aber darüber gesungen wird, sol den, so 30. gesungen, gleich gelten, vnd kein Thon vor dem andern vortheil haben, Auch sol nur mit einem Gesetz gegleicht werden.

An der Zech aber, wenn das kurtz Gemeß gilt, sol ins Hauptsingen vnter sieben Reimen nicht gesungen werden, das sol sich bis auf 21. Reimen vnd nicht weiter erstrecken. [Bl. 15 E 3ᵃ]

Zum gleichen aber an der Zech, sollen allein 20. oder 21. Reimen gegleicht werden, darunter vnd darüber gar nichts.

Wenn das lange Gemeß gehet, sol auff der Schul ins Hauptsingen, auch vnter 20. Reimen oder Versen nicht gesungen werden, Darüber aber mag man wol singen, Doch sollens vor 20. Reimen keinen vortheil haben.

Zum vergleichen aber auff der Schulen, sollen von 30. Reimen biß auff 60. alles gleich ohne vortheil gelten. Was aber von 60. Reimen biß auff 100. vberlenget wird, wenn das lange Gemeß gehet, sollen allweg 10. Reimen oder Versen 1. Syllaba benor haben. Was aber vber 100. Reimen gesungen wird, sol denen so 100. gesungen, nichts benor haben, Wie die am kurtzen Gemeß von 30. biß auff 60. Es hat jeder wol macht, so viel Reimen er wil zu gleichen, Der vortheil sol aber nicht weiter gehen, als auff 100. Reimen oder Versen.

An der Zech aber, wenn das lange Gemeß gehet, sol ins Hauptsingen von 12. biß auff 23. gesungen werden, Darunter noch darüber sol nicht gemerckt werden.

Zum vergleichen aber, sol weder mehr noch weniger als 22. vnd 23. gegleicht werden.

Wenn es sich nu begebe, das viel Singer ins Haupt= singen auff der Schul oder Zech glat gesungen, vnd 3. mal glat gegleicht hetten, Vnd die Straffen der rechten Tabu= latur, alle vermitten weren, vnd nicht vbrige Zeit were in die lenge zuuergleichen, Mag man in die Scherffe mercken, vnd die Eylff Straffen für die hand nemen, Vnd sonderlich auff die ersten drey achtung haben, vnd sie damit von einander entscheiden, doch sol man sie vorhin warnen.

Auch so es sich zutrüge, das jr zwen oder mehr im Hauptsingen, auff ein mal glat vnd gut gesungen vnd gleichet hetten, Vnd deren einer desselben Jahr der Gaben eine darumb sie [Bl. 15 E 3ᵇ] gleichen, gewonnen hette, vnd die andern nicht, Sollen die, so noch nicht gewonnen, ferner vmb die Gaben gleichen, wie vorgemelt. So jr aber nur zwen gleichen, sol der, so zuuor gewonnen, auß= gehen, Es sei auff der Schul oder Zech.

V. Es mögen auff der Schul vmb die Gaben ge= sungen werden ins Hauptsingen, gedritte, gefünffte vnd gesiebende Lieder, nach dem der Tag lang oder kurtz ist, Vnd sol ein gefünfftes Lied, für einem gedritten 2. Syllaben benor haben, Vnd ein gesiebendes Lied 2. Syllaben für einen gefünfften.

Aber die gefünfften vnd gesibenden Lieder, sollen des Winters wenn der Tag kurtz ist, nicht gelten, Sondern die gefünfften Lieder sollen nur gelten, weil der Tag 12. stunden lang ist, biß so lang er an den 12. Stunden widerumb abnimpt.

Die gesiebenden aber sollen gelten, wenn der Tag 14. Stunden helt, biß er an den 14. Stunden wieder abnimpt.

Die gedritten Lieder aber, sollen alle Schulen durchs Jahr gelten vnd ganghafftig sein.

VI. Auff der Schulen sollen keine Lieder vmb die Gabe gesungen werden, die nicht in der Biblien mit jhrem Text gegründet, Vnd es sol jeder Text, der gesungen wird, sein Capitel anzeigen im singen.

An der Zech aber mügen Historien oder Fabeln ge= sungen werden. Auch mügen Historien vor der Schul in duppel gesungen werden, Doch nichts ergerlichs oder schmehelichs.

VII. Es sol auch ein Lied, das ist ein Text, in einem Thon, in einem Jahr, nur ein mal begabet werden, Wo es zum gewinnen glat gesungen wird, Ein Text aber, mag in mehr Thönen offtmals im Jahr gesungen vnd begabet werden.

VIII. Des Sontags wenn man Schul helt, ist billich vnd breuchlich, das die Geselschafft der Singer sampt andern die=[Bl. 16ᵃ]ser Kunst liebenden, Ein erbare, ehr= liche, friebliche vnd züchtige Zech halten, nach gehaltener Schulen.

An solcher Zech, sol man einen Zechkrantz zum besten geben, vnd wenn es geliebt darumb singen lassen, Auch sol man auff der Schul einen Krantz nach dem Schul= kleinod zum besten geben. Diese zwene Krentz sollen von dem Gelde, so man auff der Schulen auffhebet, bezalet werden.

Auch sollen die zwen Krentzgewinner, vnd der so das Schulkleinod gewonnen, auch alle drey Mercker, ein jeder mit der halben Zeche verehret werden.

Die jenigen aber, so auff der Schul vnd Zech jre Lieder ins Hauptsingen glat vnd gut gesungen vnd ge= gleichet haben, sollen mit einem Seidlin Wein, so man Wein zechet, oder mit einem Kreutzer verehret werden.

Diß Geld, ſol alles von dem Gelde, ſo auff der
Schul auffgehaben worden, gezalet werden, So aber die
Schul nicht ſoviel tregt, ſol zu hülff aus dem Polpet ge=
nommen werden.

An bemelter Zech ſol auch Gotteslesterung, Spiel,
Zanck, Hader, Vneinigkeit, verachtung vnd fürtreiben, in
Summa alle vppigkeit, daraus vnrath entſtehen mag, bei
erkenter vnd geſaßter ſtraff der Mercker vnd geſelſchafft,
vermitten werden, Auſſer eines Erbarn Rath vor=
behaltener Straff.

IX. Der das Schulkleinod gewinnet, ſol auff die
nechſte Schul hernach mit im Gemerck ſißen, Auch den Tag
an der Zech.

X. Die zwen Krentzgewinner, ſollen die nechſte Schul
an der Thür ſtehen, vnd das Gelt einnemen.

XI. Der auff der Schul den Krantz gewonnen, ſol
an der Zeche auffwarten, vnd den Geſten fürtragen, So
ers alleine nicht beſtreiten künd, ſol jm der, ſo die fördere
Schul den Krantz gewonnen, auffwarten helffen. [Bl. 16ᵇ]

XII. Die beyde Krantzgewinner deſſelben Tags, ſollen
die Zech abnemen, nach wolmeinung vnd vorwiſſen der
Mercker, vnd anderer ehrlicher Leut.

XIII. Es ſollen auch die Mercker trewlich vnd fleiſſig
nach innhalt rechter Kunſt, vnd nicht nach gunſt mercken,
Einem wie dem andern, nach dem ein jeder ſinget, Nichts
anders als ob ſie darzu weren verehdet worden, Wie man
doch nicht darüber ſchweren ſol noch kan.

Beſchluß dieſes Büchlins.

NAchdem ich wol weis, das die Welt, Trewe wolthat
anderſt nichts, als mit vndanck vnd böſer nachrede, pfleget
zu belohnen: Hab ich mich gewis zuuerſehen, es werden
viel jres ſinnes kluge Singer, ſo hierinne getroffen werden,
auch ander vberwißige, dieſe meine mühe vnd arbeit, ver=
nichten vnd verlachen, vnd zum theil mir es in ein hoffart
ziehen, als ob ich dis Büchlein rhumes halben, zuſamen
colligirt, Mich dardurch in dieſer Singkunſt herfür zu thun,

Das mir denn alles zur vngúte zugemessen, vnd mit Gott
bezeugen wil, das ich solches nicht aus Ehrgeitz, mir solches
zuschreiben, fúrgenomen, Denn ich mich für keinen Tichter
außgebe, Auch mein einfalt im tichten selbst bekennen mus.

Dis ist aber die vrsach, Das mich rewet vnd jammert
der alten lieblichen Kunst des Meistergesangs, das sie so
gar verachtet vnd vntergedruckt werden sol, Denn sich weder
Jung noch Alt fortmehr darumb annemen wil, Fleissiget
sich die Jugend lieber anderer kúrtzweil vnd úppigkeit, in
Spielen, Fressen, Sauffen vnd dergleichen vntugendt,
Sonderlich die jungen Handtwercks gesellen haben nicht
mehr lust zu guten Sitten [Bl. 17 Fᵃ] vnd Tugenten,
seligen vnd Gott lóblichen úbungen, Wie denn diese Kunst
vermag.

Darumb ich von wegen der jungen Geselschafft am
meristen, diese erklerung der Singekunst des Meistergesangs,
herfúr komen lassen, Damit neben jnen menniglich, so es
zu wissen begirig, bekandt wúrde, was das Meistersingen
sey, vnd wie mans lernen vnd úben móge.

Wiewol ich lengst gehofft, es wúrde sich etwa ein
ander verstendiger vnd mehr geúbter Singer, des vnter=
wunden haben, Hat aber noch bißanher, nicht sein wollen.
Darumb ich, auff vielfeltiges anhalten vnd vermanen guter
Freunde, vnd liebhaber dieser Kunst, mich hierumb an=
zunemen, nicht eussern wollen.

Da ich nu nicht jederman hierinnen gefallen möcht,
mus ichs Gott befehlen.

Ist zwar auch nicht mein fúrnemen, menniglich zu
gefallen, Bin genüget, so Gott vnd etlichen verstendigen
fromen Leuten, wie wenig der sein, hiemit ein gefallen
geschicht.

Die andern aber, so des Tadelns gewonet, wil ich
hirmit gebeten haben, ein bessers an Tag zu geben, Gönne
jhnen der Ehren für mir gar willig vnd gerne, Wil mich
von einem jedern, ein bessers zu lernen nicht schemen,
Sondern einem jeglichen seine Kunst nach móglichen fleis
fórdern helffen.

Derhalben ich alle frome Christen, was
Standes die sein, wolmeiniglich vnd trewlich vermanet

vnd gebeten haben wil, Sonderlich die jungen Handtwercks
gesellen, das sie an stat üppiger Weltübungen, neben andern
kurtzweilen auch dieser Alten, löblichen, lieblichen vnd
Christlichen kunst ingedenck sein, vnd nicht gar vergessen
wollen, Sondern diesen meinen einfeltigen kurtzen bericht
dieser kunst. Inen lassen befohlen sein, Darinne sie den
rechten verstandt des Singens [Bl. 17 F^b] finden werden,
Sonderlich die sonst nicht verstendige Singer haben können,
von denen vnterricht zu nemen.

Denn bey fleissiger übung dieser Kunst, werden sie
lernen, Gottes wort lieb haben, vnd sich in der Biblien
bekandt machen, Daraus sie den gehorsam Gottes vnd die
liebe des Nehesten werden lernen erkennen.

Auch so erferet man darburch viel schöne liebliche
Historias vnd Moralia der alten vnd newen Geschicht=
schreiber vnd Poëten, Als denn der sinnreiche Herr Hans
Sachs deren viel an Tag gegeben, daraus man sich gegen
Gott vnd der Welt recht lernet verhalten.

Welche aber zu dieser Kunst nicht lust vnd liebe
haben, dieselbigen wil ich hiemit freundtlich gebeten haben,
sie wollen des spottens vnd verachtens müssig gehen,
Mögen jnen selbst jre weise nur wolgefallen lassen, doch
also, das andern jre vbunge auch vngetabelt bleiben, in=
denck des alten Sprichworts: Quod tibi non vis fieri,
alteri ne feceris.

Den zornigen eifferern aber, die von Predigern,
Singern vnd sonsten vngestrafft sein wollen, die sein ver=
manet, das nicht zuuerdienen.

Thu mich hiemit allen Liebhabern dieser Kunst dienst=
lichen befehlen.

F I N I S.

[Bl. 18 F 2^a]

3*

Eine Schulkunst, vor-
her zu singen wenn man Schul helt, dar=
innen angezeigt der vrsprung dieser Kunst, wer
wie, wenn, vnd warumb sie erfunden.   Mit ange=
hefften Schulregister oder Straffartickel.

Ein gefünfft Lied in den 4. Gekrönten Haupt=
Thönen der 4. Gekrönten Meister.

Das 1. Gesetz, Im langen Thon Doctor
Müglings.

SAncte Spiritus mit dein Gaben zu vns kum,
  Et reple corda tuorum fidelium
  Entzünd in jhn das Fewer deiner liebe.

Per CHRISTUM saluatorem nostrum te rogo
  Steh du mir auch jetzt bey mit dein Gaben also
  Mit Gsang Gott zu loben, nach deim getriebe.

Wie du halffst dem Psalmist Dauid,
  Der sang die schönsten Lieder auff der Erden,
  In seim Psalterio in fried,
  Vermant er vns zu singen ohn geserden.
  Sein acht vnd Neuntzigst Psalm spricht fein,
  Jauchtzet dem HErrn all Welt thut Lobsingen
  Rhümet vnd lobt den HErrn rein,
  Die Psalmen last auff Seitenspiel erklingen,
  Solches alles hat verursacht,
  Vnser Vorfahrer weise [Bl. 18 F 2ᵇ]
  Die Tichten Gott zu lob vnd danck,
  Meister Gesang,
  Der waren jr Zwelff an der zal,
  Auff die höret gar leise.

Das 2. Gesetz im langen Thon Doctor
Frawenlobs.

HErr Frawenlob war ein Doctor ticht zum ersten,
  Zu dem andrem,
  Herr Mügeling geehret,

War ein Doctor gelehret,
Beide warens Theologi,
Klingeßohr vnuermehret,
War ein Magister artium,
Solchs war Starck Popp dergleichen.

Herr Walther von der Vogelweid war ein Land Herr,
Wolff Rohn Ritter
Marner der war vom Adel,
Die andern fünff ohn tadel,
Waren Erbar Bürger all Fünff,
Regenbogen war zabel,
Der Römer war künstreich vnd frum,
Der Cantzler ticht künstreichen.

Conrad von Würtzburg war Erbar,
Auch der alte Stoll, Die zwelff fürwar,
Wurden im Jahr,
Neunhundert zwar
Vnd zwey vnd sechtzig citirt gar
Gen Pariß vor der Glerten schar,
Von Keiser Otto der erst zum,
Verhör irs Gsangs süßleichen. [Bl. 19 F 3ᵃ]

Das 3. Gesetz im langen Thon Marners.

DA sungen sie lieblich vnd fein,
Jeder sein Melodey,
Nach jrer Tabulatur rein,
Wie jr hernach werd hören frey,
Erstlich nach der hoch Deudschen sprach,
Sungen sie jre Lieder all.

Falsch meinung liessen sie nicht sein,
Blind meinung auch dabey,
Vermieden auch alls falsch Latein,
Auch blinde wörter mancherley,
Halbe wort vermiedens hernach,
Die Laster auch in gleichem Fall.

Kein Aequiuocum jungens nit,
Es war gantz oder halb,

Falſch Bundreim vnd die bloſſen Reimen allenthalb,
Brachten kein Pauß noch Stutz,
Auch nicht zwen Verß in einem Odem,
Milben hieltens für keinen nutz,
Sungen auch nicht zu Kurtz noch Lang,
Hinderſich noch Fürſich,
Lind vnd Hertlich,
Auch nicht zu Hoch nach zu Nidrich,
Redten nicht im ſingen lieblich,
Vermitten der Thön verendrung,
Falſch Thön vnd Blum vielſeltiglich,
Außwechßlung der Lieder war ſchmach,
Wenn man jrr ward ſtrafftens all mal.

Das 4. Geſetz, Im langen Thon Regenbogen.
[Bl. 19 F 3ᵇ]

MErcket die Straffen in die Scherffe,
  Man ſol ſtraffen ein wort welches hat ein Anhang,
  Pauſa in viel ſylbendem wort,
  Auch heimliche Aequinoca dergleichen.

Ein differentz man auch verwerffe,
  Auch wo man Lind vnd Hart wörter ſinget mit zwang,
  Hart Klebſyllaben ſtrafft man fort,
  Regirt ein wort Zwo Meinung iſt ſtreffleichen.

Klingende Stumpffreimen ſtrafft man,
  Auch die Verſen ſo einander halb rüren,
  Auch ſo iſt ein ſtraff auff der bahn,
  Wo ein Verſen Zwo Meinung thut einfüren,
  Auch wer zu Nidrig oder Hoch,
  Singet ſein Meiſterlied.
  So hat jr gehört all Straffen hiemit,
  Jedoch die letzten Elff ſolt jr,
  Erſt angreiffen wenn man vber drey mal,
  Thut gleichen das man ſie ſcheid ſchier,
  Aber wer vermeidet die Straffen all,
  Den vergleichet man gar billich,
  Den erſten zwölff Meiſtern weis rein vnd pur,
  Die erſtes mal erfunden doch,
  Meiſtergeſang nach jhr Tabulatur.

Das 5. Geſetz muß in den 4. vorgehenden Thö=
nen geſungen werden.

Der 1. Stoll, Im langen Thon Mügling.

Als Keyſer Otto jr Kunſt vnd Geſang vernam,
   Thet er den Zwelffen vnd jrn nachkomben allſam,
   Ein Gülbin Kron zum Schulkleinod verehren. [Bl. 20ª]

Der 2. Stoll, Im langen Thon Frawen lobs.

Seidher ſingt man noch vmb Schulkleinod ober Kron,
   Wo Schulen thon,
   Geſelſchafft in gmein halten,
   Auch verehrten die Alten
   Poëten einen Lorberkrantz,
   In Græcia manchfalten,
   Dem der das beſt im Singen thet,
   Das thut ſich bey vns mehren.

Das Abgeſang fecht ſich an in des langen Mar=
   ners Abgeſang, bis in 8. Reimen.

Hört was die Zwölff hat verurſacht,
   Tichten das Meiſter gſang,
   Zu jrer zeit viel böß vngereimbt Gſang erklang,
   Ohn alle zal vnd maß,
   Der Verſen, Sylben vnd Gebänd,
   Wie jetzt bei vns auch geſchicht das,
   In Gaſſen, Kirchen, vnd Wirtßhauß.
   Das gar vnkünſtlich ſteht.

Der ander Theil des Abgeſangs, iſt der letzte
   Theil des Abgeſangs, Im langen Thon Re=
   genbogen in die 10. Reimen.

Darumb ſo ſeid vermant,
   All die jr Meiſtergſang halt für ein thant,
   Vnd die daraus treiben den ſpott,
   Das ſie dieſe Kunſt laſſen vnueracht,
   Sondern veracht was haſſet Gott,

Nemlich ewer leichtfertigkeit betracht, [Bl. 20ᵇ]
Aber euch Zuhörer ich bitt,
Das jr all wollet still vnd züchtig sein,
Das wir nicht werden verjrret,
Nu fangt an vnd singt Gottes Wort rein.

Anno salutis 1571. 1. Januarij.

Eine Schulkunst, dar-
innen begriffen das SchulRegister,
Auch die eigenschafft der Sechßerley Ver=
sen, darnach sich Singer vnd Tichter
richten müssen.

Ein gedrittes Lied, Im langen Thon Marners.

D Ie fröligkeit erkent man sein,
An den Menschen auff Erd,
An Thier vnd Vogeln groß vnd klein,
So fliegen vnterm Himel werd,
Gemeiniglich an dem Gesang,
Wenn sie singen mit heller stimm.
Auch gesels Gott dem HERRN rein,
Vnd Gsang von vns begert
Wenn wir jm Psalmen singen sein,
Wie Dauid sang war vnbeschwerd,
Von dannen kam der Harffen klang,
Seitenspiel vnd Glocken vernim.
Damit man Gottes lob anzeigt,
Darumb mit Hertz vnd Mundt, [Bl. 21 G ᵃ]
Schreyet zu Gott, Singet vnd lobet jn all stundt,
Wie auch die Engel thun,
Die im Himel sungen Gott lob,
Auch Jhesu Christo seinem Suhn,
Deßgleichen auch dem heilign Geist,
Den geliebt Gsang allzeit,
Darumb bereit,
Bin ich zu erkleren gar weit,

Wie man mit Meistergsang außbreit,
Gottes Wort vnd sein Lob vnd Preiß,
Darumb ich der Straff vnterscheidt,
Was jr Tabulatur anlang,
Wil vermelden ohn haß vnd grimm.

2.

Die Singer sollen achtung han,
  Auff die hoch Deudsche sprach,
  Das sie sie bringen auff die bahn,
  Sie schlecht der Grammatica nach,
  Vnd zeiget an rechten verstandt,
  Mehr als die andern Sprachen all.
Falsch Kätzerisch meinung las man,
  Falsch Latein ist gros schmach,
  Blinde meinung die thut von dann,
  Blinde wort sind strefflich zu rach,
  Halbe wort sind strefflich allsand,
  Darauff hat achtung in dem fall.
Die falschen Laster straffet auch,
  Welche verendern hie,
  Die Vocales dergleichen auch die Diphthongi,
  Falsches Gebänd dergleich,
  Auch Gantz vnd Halb Aequiuocæ, [Bl. 21 G^b]
  Blosse Reimen sind strefficleich,
  Dergleichen auch Stutz oder Pauß,
  Wo kein Pausa sol sein,
  Auch strafft allein,
  Zwen Verß in einem Odem rein,
  Auch straffet die Milben gemein,
  Wenn man eim Wort das N abbricht,
  Zu Kurtz zu Lang straffet auch sein,
  Hintersich vnd Fürsich genand,
  Das sol man straffen alle mal.

3.

Zu Lind vnd Hert straffet auch sein,
  Auch straffet welcher bringt,
  Zu Hoch vnd Nidrig das Lied sein,

Auch straffet welcher Redt vnd Sngt [so für: Singt].
Auch straffet der Thón Verendrung,
Straffet auch Falsche Meloden.
Falsch Blum vnd Coloratur klein,
Straffet wenn sie erklingt,
Außwechßlung der Lieder gemein,
Wer Jrr wird vnd vom Stul entspringt.
Das seind die Straffen nach Ordnung,
Nun hört der Versen Sechßerley.
Der nus man fleissig nemen war,
Die Stumpff Versen versteht,
Haben gerad, wofern nicht ein Pauß vorher geht,
Klingende Versen han,
Vngrad wo nicht vorgeht ein Pauß,
Waisen im gantzen Lied bloß stan,
Ein Korn bind sich durch all Gesetz,
Pausen ein sylbig sind, [Bl. 22 G 2ᵃ]
Schlag Versen Lind,
Die haben zwen Sylben ich find,
Wer vermeid all die Straffen gschwind,
Auch die Sechßerley Verß im Gsang,
Mit Zal vnd Maß recht singt vnd bind,
Der Singer sey Alt oder Jung,
Den mag man reumen kunstreich frey.

     Anno salutis 1568. 28. Nouembris.

Ein Schulkunst, dar-
innen vermeldet, die Eylff Straff Artickel, so zu der Scherff gehören.

Ein gedritt Lied, in der dritten Friedweis
Val. Frid.

GOtt hilff mir jetzund verbringen,
Damit ich Dir Dein Lob mag singen,
Du halffest dem Psalmisten.
Dauid dem fromen Christen,
Der sang die scherffsten Lieder auff der Erden.

Weil ich die Scherff jetzt sol einfüren,
  So las mich hie Dein Genad spüren,
  Die Straffen in die Scherffe,
  Ich auch nicht all verwerffe,
  Sofern sie nur hie recht gebrauchet werden.
Der sind Ich Eylff wol an der zale,
  Werden ein theil billich gestraffet, [Bl. 22 G 2ᵇ]
  Die ersten drey hie nach der wale,
  Die werden gar billich geschaffet,
  Zu der Tabulaturen,
  Daruon wir singen wuren,
  Zuuor wir das erfuren,
  Doch zu vermeiden viel gezencke,
  Ich sie allhie zu der Scherff schencke,
  Das die Singer im gleichen,
  Ein ander mögen weichen,
  Wenn sie viel mal thun gleichen ohngeferden.

                    2.

Die ersten Anhangende wörter,
  Klingen, die man an andren örter,
  Stumpff schreibet vnd auch nennet,
  Die ander Straff bekennet,
  Pausen in wörtern die viel Sylben haben.
Die dritte Straff mercket darneben,
  Ein heimlich Aequiuocum eben,
  Ein differentz die vierdte,
  So man singet verjrte,
  Sanctus Paulus schreib, p schrieb vns zu laben.
Die fünffte Straff thut vns anzeigen,
  Wo die wörter gezwungen werden,
  Lind vnd Hert, als Her vnd Sehr eigen,
  Die Sechste wo man ohngeferden,
  Thut Klebsylben hart zwingen,
  Die Siebende thut singen,
  Relatiua thut bringen,
  Ein wort das zwen Sententz regiret,
  Forne vnd hinden guberniret.
  Die achte wer alleine, [Bl. 23 G 3ª]

Singt zwen Sentenß gemeine
In einem Versen, sol mans nicht begaben.

3.

Die Neunte, Wörter die da klingen,
Sollen kein Stumpffen Reimen bringen,
Die Zehnde sol nicht finden,
Ein Stumpffes wort nach binden,
Des Klingend wort ersten Sylben bethören.
Die Enlffte, man sol nicht anheben,
Zu Hoch oder Nidrig darneben.
Wer diese Straffen scheidet,
Vnd sie alle vermeidet,
Vnd gar keine blinde meinung ließ hören.
Den mag man allzeit billich zelen,
Vor den furnemsten Meister einen,
Ihn auch zu einem Mercker welen,
Hie vor den Singern all gemeinen,
Ihn darzu wirdig schetzen,
Ihm die Crona auff setzen,
Damit jhn zu ergetzen,
Im Gemerck wird er viel nutz schaffen,
Was zu straffen ist wird er straffen,
Denn wo man recht wil mercken,
Sol man vnkunst nicht stercken,
Sondern soviel es müglich ist zerstören.

Anno salutis 1568. Nouemb. 30.

Getiçt durç Adam Puſçman.

Regiſter diß Büchlins.

Den Inhalt der Artickel diß Büch-
leins, findeſtu an jederm Blat mit
Ziffern verzeichnet.

Vorrede diß Büchleins.

Anhang.

Ein Schulkunst In der langen Zugweiße Fritz Zorns.

Ein Edler Gartten war gebauen
Von einem konig der hett Zwölff Diener In Hutt
Darumb gieng von Gold ein Zaun
Vnd daran waren Sieben gulden pfortten

Fein waren die weinstöck behauen
In der Mitt stund ein Baum der hett drey Aest so gutt
Darbey ein Lilgen Zweig was braun
Feigel, lilgen stunden an allen ortten.

Mitten In dem Gartten aufqual
ein Brunlein waß gelegt nach meisterschaft
In diesem Garten überall
Daruon nhemen alle frucht ihr krafft
Wer In den Gartten kame vnd
Dieser frucht begertt
Dem geben die Zwelff Diener vnbeschwertt
Die frucht holt man weitt vber Meer
Nhun hett der konig groß Feindschaft ich melat
die kemen dar mit grossem Heer
Schlugen vor dem Gartten auf ihr gezelt
Vorlegten alle Strassen rundt
außwendig daß dieser frucht auff erb
Niemand offentlich holen kund
wen sie ergriffen der kam in geserd.

2.

Hie Hörtt waß bedeutt dieser Gartte
es bedeutt Meistergsang die subtile kunst
Der konig den Heiligen Geist
von dem diese Kunst hett ihren Ursprunge.

Die Zwölff Diener zwelff Meister zartte
Der gulden Zaun bedeut die h. Schrifft sunst
Sieben pfortten werden beweist
Die Sieben Freyen Künste alß ich Sunge.

Daburch man In den Gartten geht
Die weinstöck stånd vns die gedicht bedeuten
    auß rechtem Glauben vorsteht
ber Baum bedeutt die gottliche weisheit
    Alle gedicht Subtill vnd hoch
Vnd der lilgen geruch
Daß lob so von Gottes ehr ist geticht
Feyel, Rosen vnd mancherley
Seind all Höfflich geticht der meister viel
Der Brun bedeutt die Melodey
Vnd all Meisterliche thôn Subtill
wer sich nhun zu diesem Gartten vorpflicht
Da diese kunst erklinget noch
bem werden balt zu theil der ebeln frücht.

3.

Die Feind Sahen den Gartten ligen
Vnd aufgeschlagen haben ihr gezeltte weitt
auch vorschrenckt alle weg vnd Straß
Dasselbig seind alle Menschen Ich melde.

    Hie So wird ehr diese kunst krigen
mit aller feindschaft verachten barzu die leutt
So ihre kunst Suchen furbaß
kunnen doch Selbst nicht geniessen Im selde.

    Den Sie han nicht gnad von Gott
Daß Sie diese Christliche Kunst möchten lehren
Sondern treiben barauß den spott
wen sie gsang von einem Meister hören
Sie seind In Sunden Hertt endwicht
Vnd kein aufmercken kan
Der frucht so In dem eblen Gartten sthen
Wer aber neue funb bewacht
Mit Finautz den halten sie kunstenreich
Weisheit vnd Kunst ist gar veracht
Drumb steht es in der welbt Sicherlich
Jedoch der Gartt erhalten wirbt
Auff erd burch Gott vnd viel kunstreiche Man.
Der barin Arbeitt vnd Studirtt
Dem gibtt der König ben ewigen lhon.

                Ticht Daniel Holtzmann.